靖国の杜の反省会

あの戦争の真実を知る11人の証言

早瀬利之 著

芙蓉書房出版

まえがき

昭和史が薄れつつある。

なかでも満州事変から北支事変、大東亜戦争、日米開戦がなぜ起きたか、敗戦国である日本人の多くが忘れようとしている。しかし戦時中に生まれた筆者としては、忘れるわけにはいかない。むしろ小国日本は、なぜ戦争に引きずられていったのか、その真相が知りたい。

歴史はローマ時代から、勝者によって編纂されてきた。昭和史も同じである。極東軍事裁判という茶番劇で、敗戦国日本人が多く裁かれ、戦犯として処刑された。

日本人の戦犯は、極東軍事裁判ではなく、むしろ日本人の手によって敗戦の原因を明らかにすることで裁くべきものである。委員会を作り、そこで真相を究明すべき性格のものである。

筆者の知人で、天龍川でアメリカやオーストラリア兵捕虜を虐待したということで戦犯になった人がいる。知人は北満で肺を患い、帰され、日本に送られた捕虜たちの監視兵だった。天龍川で作業中の捕虜たちが水を飲もうとしたことを叱咤して止めたことだった。

叱咤した理由は、諏訪湖から流れてくる天龍川の水は汚染されて、飲むと下痢するからである。天龍川の近くで生まれた知人は子供の頃から教えられていて、大人も子供も、決して口にしなかった。

英語力のない知人は、言うことをきかない数人を殴って止めた。人命を思ってのことだったが、それが虐待といえるかどうか。彼らには知人の厚意は理解されなかった。たったそれだけのことで、知人は勝者によって戦犯となった。

裁かれるのはむしろ、非戦闘員の広島・長崎に原爆を落とし、数十万人の市民を無差別に殺害したアメリカのトルーマン大統領である。また東京の下町を空襲したアメリカ空軍のカーチス少将である。

もしも日本が戦時中に講和もしくは勝利国になっていたら、外国人の裁判ではなく、国内の議会内に戦争委員会を立ち上げ、委員会がひとつひとつ究明し、当事者たちを裁いていたであろう。

『靖国の杜の反省会』は、そうした発想の中から生まれた。ひとつひとつ、原因と結果を究明するもので、登場人物は戦時中の将軍たちである。

構成は劇場的で、小説風になっている。勿論、平成八年時点の設定だから、ほとんどの人が逝去している。しかし筆者は、八人の将軍と議員・ジャーナリストを生き返らせて、史実に基づいて発言させた。

「あの戦争は何だったのか」

「満州国とは何だったのか」

「日米交渉はなぜ失敗したのか」

「和平工作を、外務省はなぜつぶしたのか」

などなど、実際の事件を当事者に語ってもらった。司会進行はすべてを知る緒方竹虎である。

小説ではあるが、ここに語られる会話は、参謀本部編『敗戦の記録』、東郷茂徳が獄中で書いた『時代の一面』、参謀本部の『杉山メモ』、野村吉三郎「米国に使して」及び関係資料をもとに構成した。

論文調になると、喰いつきが悪く、避けていく人も多いので、反省会での発言、直接のやりとりで効果を出したつもりでいる。

いわば、昭和史のほんの一部分だが、入門書として読んでいただくとありがたい。

なおこの本の出版にあたり、出版プロデューサーの牛嶋義勝さん、また奇想天外な本の出版を引き受けていただいた芙蓉書房出版の平澤公裕社長に、お礼を申し上げます。

平成二十五年夏

早瀬　利之

靖国の杜の反省会●目次

＊11名の出席者

【陸軍側】

石原莞爾
中将

板垣征四郎
大将

杉山　元
大将

松井石根
大将

【海軍側】

井上成美
大将

嶋田繁太郎
大将

米内光政
大将

野村吉三郎
大将

【司会進行】

緒方竹虎

【書記官長】

迫水久常
書記官長

【外務省】

東郷茂徳
外務大臣

＊出席者プロフィール

■陸軍

松井 石根（大将）
愛知県出身。陸大十八期。参謀本部付、昭和二年中将、参謀本部第二部長、軍事参議官、十二年八月上海派遣軍司令官、同十月中支那方面軍司令官、大アジア協会会長。二十三年十二月法死（七十歳）。

杉山 元（大将）
福岡県出身。陸大二十二期。昭和三年陸軍省軍務局長、五年陸軍次官、九年参謀次長、十二年陸軍大臣、十三年北支方面軍司令官、十五年参謀総長、十九年陸軍大臣、二十年九月十二日自決（六十八歳）。

板垣征四郎（大将）
岩手県出身。陸大二十八期。昭和四年関東軍高級参謀、六年関東軍第二課長、九年満州国軍政部最高顧問、十一年関東軍参謀長、十二年第五師団長、十三年六月陸軍大臣、十四年支那派遣軍総参謀長、二十年第七方面軍司令官、二十三年十二月法死（六十四歳）。

石原 莞爾（中将）
山形県出身。陸大三十期。大正十四年陸大教官、昭和三年十月関東軍参謀作戦主任、六年関東軍作戦課長、八年第二師団歩四聯隊長、十年八月参謀本部作戦課長、十二年三月第一（作戦）部長、十二年十月関東軍副長、十四年八月中将、第十六師団長、十六年二月待命、三月予備、十六年四月立命館大教授、東亜連盟顧問、二十四年八月十五日病死（六十一歳）。

■海　軍

野村吉三郎（大将）
和歌山県出身。大正三年駐米武官、十五年七月軍令部次長、昭和七年二月第三艦隊長官、十二年学習院長、十四年九月外務大臣、十六年二月駐米全権大使、三十九年五月歿（八十六歳）。

米内　光政（大将）
岩手県出身。海大二十二期。大正八年軍令部参謀、昭和三年第一遣外艦隊司令官、七年十二月第三艦隊長官、十二年二月海軍大臣、十五年一月内閣総理大臣、十九年海軍大臣、二十三年四月歿。

嶋田繁太郎（大将）
東京出身。大正十二年海大教官、昭和八年軍令部第一部長、十年十二月軍令部次長、十六年十月海軍大臣、二十年一月予備、昭和五十一年歿。

井上　成美（大将）
宮城県出身。海大二十二期。昭和二年駐伊武官。五年海大教官、十年横須賀鎮守府参謀長、十二年十月軍務局長、十六年八月第四艦隊長官、十九年八月海軍次官、二十年五月航空本部長、昭和五十一年歿。

■外務省

東郷　茂徳

鹿児島県出身。東大卒。第一次大戦後のドイツ大使館書記官、欧米局第一課長、昭和九年欧亜局長、十二年ドイツ大使、十三年ソ連大使、四十年松岡外相の外交官大異動方針に辞任要求を拒否、十六年東条内閣で外相、鈴木内閣で外相。二十五年拘禁中に病死。獄中で「時代の一面」を書き残す。

■書記官長

迫水　久常

父は鹿児島藩士の東京生れ。東大卒。大蔵省入り。昭和九年岡田啓介首相秘書官、金融課長、総務、銀行保険局長を歴任。岡田啓介の女婿。東条内閣打倒工作に協力。鈴木内閣の書記官長。戦後、参議院議員、池田内閣の経済企画庁長官、郵政相。のち参議院議員。昭和五十二年歿。

■司会進行

緒方　竹虎

山形県出身。福岡修猷館から早大政経へ。朝日新聞入社。昭和十四年編集局長、十八年東京朝日の副社長、十九年小磯内閣の国務相。情報局総裁、二十年四月鈴木内閣の顧問。戦後、二十年八月東久邇宮内閣の書記官長、第四次吉田内閣の官房長官。昭和二十九年、自由党総裁、三十年十一月に保守合同。翌三十一年一月急逝（六十七歳）。

＊本文に出てくる主な人物（順不同）

東條英機　陸大十八期。昭和十二年三月関東軍参謀長、昭和十三年六月陸軍次官、十四年七月陸相、十六年十月首相兼陸相、十九年二月首相兼陸相兼参謀総長。二十三年十二月法死。

松岡洋右　オレゴン大卒、政治家。昭和十年満鉄総裁、十五年第二次近衛内閣の外相、十六年日ソ中立条約を締結。二十一年病死。

及川古志郎　海兵三十一期。昭和五年六月軍令部参謀、十五年九月海軍大臣、十六年十月軍事参議官、十九年八月軍令部総長。

永野修身　海兵二十八期。昭和二年十二月中将、五年軍令部次長、九月大将、軍事参議官、十二年連合艦隊長官、十六年四月軍令部総長、十八年六月元帥。二十二年裁判中に病死。

岡　敬純　海兵三十九期。昭和十三年一月軍務局一課長、十五年十月軍務局長、十七年十一月中将、十九年七月海軍次官、八月軍令部主任。

豊田貞次郎　海兵三十三期。昭和五年少将、横須賀鎮守府参謀長、十五年海軍次官、十六年四月大将、商工大臣、十六年七月外務大臣、十六年十二月日鉄社長、二十年四月軍需大臣、

広田弘毅　福岡県出身、外務省入省、アメリカ大使館一等書記官、昭和八年外相、十一年三月首相、近衛内閣で外相、二十三年十二月法務死。

武藤　章　陸大三十二期。昭和十一年六月関東軍第二課長、十二年三月参謀本部作戦課長、十三年七月北支方面軍参謀副長、十四年九月軍務局長、十七年四月近衛師団長。十九年十月第十四

方面軍参謀長、二十三年十二月法務死。

小磯国昭　陸大二十二期。大正十二年三月陸大教官、昭和七年二月陸軍次官、九年三月第五師団長、十年朝鮮軍司令官、十四年拓務大臣、十七年朝鮮総督、十九年七月首相、二十五年十一月服役中に病死。

田中新一　陸大三十五期。昭和七年関東軍参謀、十二年三月軍事課長、十五年参謀本部第一部長、十七年十二月、ガダルカナルへの補給をめぐり東条陸相を罵倒、拒否され、十七年南方総軍司令部付へ。

土肥原賢二　陸大二十四期。昭和六年八月奉天特務機関長、十一年第十四師団長、十四年第五軍司令官、十八年五月東部軍司令官、十九年第七方面軍司令官、二十三年法務死。

寺内寿一　陸大二十一期。大正十一年近衛師団参謀長、昭和五年八月第五師団長、十一年陸相、十二年二月教育総監、九月北支方面軍司令官、十六年十一月南方軍総司令官、二十一年六月死。

冨永恭次　陸大三十五期。昭和十一年八月参謀本部作戦課長、十二年三月関東軍第二課長、十四年三月参謀本部四部長、十六年陸軍人事局長。

田代晥一郎　陸大二十五期。昭和五年歩兵第二十七旅団長、八年関東軍憲兵司令長、十一年五月支那駐屯軍司令官、七月天津で病死。

多田　駿　陸大二十五期。昭和二年陸大教官、七年満州国軍最高顧問（初代）、十年八月支那駐屯軍司令官、十二年八月参謀次長、十三年第三軍司令官、十四年九月北支方面軍司令官、十六年七月大将、同年九月予備。二十三年十二月病死。

中村孝太郎　陸大二十一期。昭和五年人事局長、十二年二月陸相、十三年七月朝鮮軍司令官、二十二年八月病死。

東久邇宮稔彦王　陸大二十六期。昭和八年第二師団長、十年十二月軍事参議官、十三年四月第二軍司令官、二十年八月十七日首相。

柴山兼四郎　陸大三十四期。昭和十二年三月軍務課長、十四年八月漢口特務機関長、十七年四月第二十六師団長、十九年八月陸軍次官。

中島今朝吾　陸大二十五期。昭和四年陸大教官、十一年三月憲兵司令官、十二年八月第十六師団長、十三年七月第四軍司令官、二十年十月病死。

永津佐比重　陸大三十二期。昭和八年関東軍参謀、十一年四月参謀本部支那課長、十六年第二十師団長、十九年第十三軍司令官、

田中隆吉　陸大三十四期。昭和十年三月関東軍参謀、十五年一月兵務局長兼中野校長、二十年三月羅津要塞司令官。

後宮　淳　陸大二十九期。大正十四年関東軍付、十年八月人事局長、十二年十月第二十六師団長、十三年南支方面軍司令官、十九年八月第三方面軍司令官（満州）。

今井武夫　陸大四十期。昭和十年十二月北京武官補佐官、十四年三月参謀本部支那課長、十九年九月大使館付武官。

岡本清福　陸大三十七期。昭和十年八月参謀本部作戦班長、十二年八月支那駐屯軍作戦課長、十六年四月参謀本部第二部長、十九年三月スイス駐在武官、二十年八月十五日スイスで自決。

田中　久　満州国軍顧問、昭和十一年内蒙古特務機関長、関東軍東条参謀長と喧嘩して退役。郷里高松に帰り、東亜連盟高松支部長。

今田新太郎　陸大三十七期。昭和十二年三月参謀本部第一部付、十四年七月二十一年参謀、十六年三月第三十六師団参謀長、二十年五月第三十六師団参謀長。

船津辰一郎　外交官。退官後、上海の在華紡績同業会理事長。昭和十二年上海事変前に極秘で上海へ出かけて和平交渉に。

石射猪太郎　外交官。昭和十二年東亜局長。のちオランダ公使、ブラジル大使、ビルマ大使。

『外交官の一生』（中公文庫）出版。

梅津美治郎　陸大二十三期。大正十二年三月軍事課高級課員、昭和三年八月軍務局軍事課長、九年三月支那駐屯軍司令官、十年八月第二師団長、十一年三月陸軍次官、十三年五月第一軍司令官、十七年十月関東軍総司令官、十九年七月参謀総長、二十四年没。

山本五十六　海大十四期。大正十四年十二月駐米武官、昭和三年十二月赤城艦長、十年航空本部長、十四年八月聯合艦隊長官、十八年四月戦死。

伊藤正一　海大二十一期。昭和六年鶴見特務艦長、九年四月人事局課長、十六年九月軍令部次長、十九年三月海大校長、二十年四月戦死。

福留　繁　海大二十四期。、昭和九年軍令部第二課長、十年十月作戦課長、十六年四月軍令部第一部長、二十年二月第十方面艦隊長官。

松本重治　ジャーナリスト。同盟通信社（現共同通信）上海支局長。十二年八月二十六日、上海で極秘の日英大使による停戦工作を仕かけるが、日本海軍に妨害され、破断。著書に『近衛時代』『上海時代』等。

田村眞作　ジャーナリスト。朝日新聞政治部記者。緒方編集局長、細川隆元政治部長の下で活躍。北京支局長。のちに朝日を退き、上海で和平工作に専念。戦後、東久邇宮内閣で参与。著書に『愚かなる戦争』。

蒋介石　浙江省出身。日本の士官学校留学。黄浦軍官学校長、国民党革命指揮官。南京政府主席。英米ソ連に依存して抗日戦。戦後二十三年毛沢東の中国共産党に敗れて台湾へ逃がれる。

何応欽　浙江省出身。日本留学、日本陸軍士官学校入校（高田）親日家。国民革命第一聯隊長、陸軍大臣

高宗武　九州大学卒。国民政府アジア司長、日中の和平工作の窓口となる。十二年上海事変前に船津工作に呼応して和平交渉へ。

繆　斌　中国・華北の道学者の家に育ち『武徳論』の筆者。南洋大学電気科卒。蒋介石校長の下で黄埔軍官学校教官。二十年春、和平工作で来日。外務省の妨害で破綻。

汪兆銘　孫文の弟子の一人。武漢政府、南京政府の行政院長。のち日本に亡命。十九年十一月名古屋で病死。

劉少奇　中国共産党運動家、北京に地下組織。北京大生など学生を煽動して芦溝橋事件を仕かけたとも言われる。のち党主席となり書記局を中心とする独裁体制を強化。文化大革命で追放される。

徳　王　昭和十一年五月、内蒙古政府主席。関東軍のバックアップで二個軍の統帥権。徳仙に遷都。満州。蒙古軍の相互援助条約を締結。

殷汝耕　日本政府がつくった通州の冀東政権長官。早大卒。夫人は日本人（井上民慧）。防共自治に貢献。北京の冀察政権委員長。

宋哲元　北京の冀察政権委員長兼第二十九軍長。馮玉祥系列。

馮玉祥　昭和五年反蒋介石戦に失敗し国民党に降り南京に身を寄せるが、共産党系。主戦派。

フランクリン・D・ルーズベルト　日米開戦当時の米大統領、海軍出身

コーデル・ハル　日米開戦当時の国務長官。ロックフェラー財団の弁護士。日本にハルノートを突きつけた。国連推進者。非ユダヤ。

ジョセフ・グルー　日米開戦まで十年間在日米大使。帰国後国務次官。日米開戦を避けようと努力。天皇の地位保全に努力。ゴルフ愛好家で、ゴルフを通じて日本の貴族院階級に親近し、親日家になる。

ヒューゲッセン　南京駐在イギリス大使、昭和十二年八月、上海での日英大使会談に向う途中、日本海軍機に爆撃され、和平交渉は流れる。

エドモンド・ホール＝バッチ　一九三五年末、中

国弊制改革のためイギリスが中国に送った特使リース・ロスの特別補佐、イギリス大蔵省の俊秀。松本重治の友人。

トラウトマン　南京駐在ドイツ大使。馬奈木中佐の友人で、和平工作に動くが実現せず。

第一章
日米交渉前夜の真相

＊深夜の靖国に、八人の将軍集まる

八月十五日の深夜である。

前夜に降った雨で、靖国神社の杜は、いくらか涼しくなっていた。

月明りの中を、七十を過ぎた老軍人たちが、靖国神社への長い坂道を歩いている。白い半袖の開襟シャツの裾は黒ズボンの上に出したままだ。一人が立ち止まると、扇子を煽り、首に風を送った。

いずれも頑強な骨格だ。なかにはステッキをついている者もいる。彼らは顔見知りのはずだが、誰ひとり話しかけようとしない。それぞれ距離を置き、階段を一歩一歩と上がる。

二つめの大鳥居を潜り神殿まで歩くと、一人一人、手を合わせた。それから長いこと深く頭を垂れた。そのうちの二人が、突如、体を震わせて嗚咽した。

一人、二人。四人、五人。そのあとにも足音たてずに、かつての陸海の大将たちが集まる。

参拝が終った者は、右手の遊就館の広間に入り、大きな円卓を囲むようにして座った。最初に椅子を引いて座ったのは、痩身の小柄な松井石根《まついいわね》で、彼の横には色白の、米内光政《よないみつまさ》が細い体を伸ばして座った。

「進行係の緒方君によれば、席順はないのでご自由にとのことでしたので、勝手に座わらせてもらいました」

先着の三人は、椅子を引いた。松井石根が先陣を切った。口髭は半分が白くなっている。緒方竹虎《おがたたけとら》は、皆とは距離を置き、玄関側の下座の椅子に腰を下ろしている。入室してくる人に無言のまま頭を下げた。

「野村さんは松井さんの横にどうぞ」

米内光政が、丸い眼鏡をかけた大柄の野村吉三郎《のむらきちさぶろう》海軍大将を呼び止めた。野村は片眼が悪く、声の方を振り向き、歩き出した。

「こちらでしたか。出席しないと欠席裁判になるというので、無理をしました」

「お互いさまですよ。この歳になると、あちこちガタが来てますんでね。膝のぐあいはどうですか」

「いや、これだけは、なんともなりませんな」

「海軍側からは、あとはどなたが出席されますかな」と松井は緒方に訊いた。

「近藤さん、井上さん、永野さんにも声をおかけしております。陸軍側は東條さん、杉山さん、梅津さん、山下さん、板垣さん、阿南さん、それに、石原さんにも声をかけました」

緒方は、薄い唇を開いて説明した。額が広く、口髭をたくわえている。すると、

「ほう。石原君がくるか。それはまた」と、松井は不服そうな表情になった。

「外務省は広田さん、東郷さん、書記官長の迫水さんにも参加を呼びかけました。一般参詣者が来る前に終えたいと思いますので、きっかり二時に始めます。あと三十分ほどお待ちいたします」

「うむ。戦死された方は山本君に古賀君か。出席不可ですか」

野村が太い声で、緒方に訊いた。

「今回は戦死者には声をおかけしておりません。とても苦しまれますから。安らかに、お聞きする立場にと思いまして、お招きしませんでした」

「そうでしょう。それが賢明ですな。むしろここに、蒋介石やルーズベルトをお呼びしたかったな。野村さんは言いたいことおありでしょうから」

松井が意味ありげに言った。

「そりゃボクには山とあります。いい男だったのに、やはり病い持ちではね。判断を誤りますな。いや、この場に呼ばれるとは、思いもしませんでしたな」

暫く、沈黙が続いた。

夜風が、室内を掃くようにして抜けて行く。月明りが薄緑色の円卓に落ちている。

呼び掛け人の緒方としては、参加者が少ないので、気が気でならない。彼は、一度立ち上がると、椅子をずらし、ドアの方を振り返った。

その時、井上成美《いのうえしげよし》に続いて杉山元《すぎやまはじめ》、板垣征四郎《いたがきせいしろう》が入ってきた。杉山はすっかり禿げ上がった大きな頭に、白のハンチングを被っていたので、咄嗟《とっさ》には、見抜けなかった。

「やあ、皆さん、お集りで」

杉山が、ハンチングを取りながら、挨拶した。松井が、杉山に気付き、

「さあ、到着順だ。こちらに。陸海ごっちゃ混ぜの席だから」

と杉山を手招きした。

「先輩、ご無沙汰です」

「元気でなによりだったな。でも、足腰は丈夫そうじゃないか。猿楽町からここまでは近いしね。一度君の家におじゃましたことがあったが、あの高台から見る朝日はきれいだったね。昇らぬ朝日はない、というのは本当だよ」

「お蔭で。でも、最近は妙な連中が近くに引越してきて、落着かなくなりましたよ」

「米兵もだいぶ帰って行ったし、落着いたかと思ったがね」

「米兵ではなくて、成り上がり者です。カス取りの商売人たちですたい」

珍しく、杉山は生地の福岡の九州弁になった。

「カス取りとは、妙な商売ですな」

「右から左へ、現物はないのに、転がしてサヤを稼ぐ奴らが、大きなアメ車を乗り回わしやがって。こういう奴らのために戦ってきたのかと思うと、腹が立つ」

「板垣君も、そばに来ないか。暫くだったな」

松井は、丸るっこい、白い顔の板垣に声をかけた。頭はすっかり禿げている。

「もう、そろそろですかな」

野村が、緒方に、話しかけた。

板垣が、杉山の隣りに、腰をおろした。口髭を削り落としているので、見分けがつかなかった。

「あと五分で、二時になります。少々、お待ち下さい。皆さん、ご都合がつかない方もおられるご様子です。きっかり、二時には始めます。俗人が来る前に、解散の予定です」

緒方が、残念そうな表情で着座した時だった。後方のドアが開いて、二人が入室してきた。

海軍の嶋田繁太郎《しまだしげたろう》と外務省の東郷茂徳《とうごうしげのり》である。

緒方が、

「着席はご自由に。到着順です」

と嶋田と東郷に席を勧めた。

「では。私は、ここで」

東郷は、板垣の左隣りの椅子を引いた。

嶋田は井上の横に座った。先輩が後輩のうしろになるので、井上は自分の席、つまり米内の隣りの席に招き、入れかわった。

緒方は、古い腕時計に目を落とした。

「では、時間が参りましたので、そろそろ始めさせていただこうと思います」

すると野村が、

「今日は、東條君も、永野君も見えんか」

と訊いた。

「現在のところは——」

「そうか。及川君にも会いたかったのだが」

残念そうに、米内の顔を振り向いた。

「やむをえまい」

「よろしいですか」

「そうですな——」

誰からともなく「家庭の事情ありですかな」と呟く声が聞えてきた。

緒方が、もう一度立ち上がった時、ドアが開いて、眉の太い、迫水久常《さこみずひさつね》が、入室してきた。

彼は戦後、参議院議員だったが、父方の鹿児島から、着いたばかりだった。

「遅れて申し訳ありません。皆さん、お元気そうで、何よりでした。なんとか、鹿児島から、着きました」と挨拶した。

「おう。それはわざわざ」

杉山が、太い声で、慰めた。

「欠席裁判にならずに、すみます」

「お互いさまですよ」

全員が着席した。迫水は、緒方の左隣りの椅子を引いて、腰を落とした。

✱野村駐米大使、日米交渉を語る

緒方は、立ち上がると、白い開襟シャツのボタンをひとつひとつ、確めた。

「本日の座談会は、なぜ日本は大東亜戦争を戦わなければならなかったのか。あの戦争は何だったのか、を考え直し、今後の日本の若者たちに、言い伝えて行きたい、というのが動機のひとつです。

今回は、肩書きなしで、フリートークにしたいと思いますので、サン又はクン呼びで、よろしくお願いします。

今日お集りの方は、到着順から、松井石根さん、米内光政さん、野村吉三郎さん、杉山元さん、板垣征四郎さん、嶋田繁太郎さん、東郷茂徳さん、井上成美さん、そして迫水久常さんの九名です。東條さん、永野さん、石原さんはまだお見えでありませんが、時間の関係で、そろそろ始めます。

「それでは――」

先ず、日米交渉にご苦労された野村さん、ワシントン到着が十六年二月十一日でした。それから連日の如く、日米交渉にあたります。言うまでもなく、ルーズベルト大統領とは彼がまだ海軍次官だった大正四年一月頃からの知り合いで、誰よりもルーズベルトと親しい日本人というこでした。日本政府は日米関係を打開するため、野村さんに期待しました。今回は満州事変まで、溯ります」

緒方が進行の口火を切ると、片眼を失明している野村は、座ったまま、じっと眼の前の空間を、見える方の眼でじっと見据えた。大きな顔にセルロイドの丸い黒ぶちの眼鏡をかけた野村は、どこから話し出したらよいものか、暫く迷った。

そして右人さし指を眼鏡のふちに当てると、

「――そうですね」と切り出した。

「私が、ルーズベルト大統領と第一次会見したのは、ワシントン到着から三日後の二月十四日のことです。日本政府からの御信任状を捧呈したのですが、彼は私の失明した眼を見て、ちっとも変わらないじゃないかと言って握手してね。そして、私は日本の友であり、君はアメリカをよく知っている米国の友である。お互い、充分率直に話が出来る、と言ったあとで、日米関係はすでに国務省から二百数十の抗議書を日本に出していて、アメリカ世論は悪い、日本の三国同盟は、日本をドイツとイタリアが強制する惧《おそ》れもあり心配している、とアメリカの事情を打ち開けました。私はそのとき、日米は戦うべきでないと信じている、むしろ両国が、協力すべき日がくると確信している、と述べたのです。

すると彼は、自分はいつでも君と会って話すから、と言われて、別れたんですが、それからは連日の如く、ホワイトハウスと国務省通いでした――」

「最初、大統領は、日米関係で、何を危惧されていましたか。そのドイツ・イタリアの他に。当時、うちのワシントン支局から情報が入りませんでしたのでね」

緒方は、座ったまま、円卓のちょうど反対にいる野村に水を向けた。

「――うむ。それは、日本が海南島から新南群島、仏印やタイ方面に進出しようとしていることへの警戒でした。日本の南進が、ハルとルーズベルトの頭を悩ましておりました。最初は、一時間半ほど英語で、ハル長官同席の上で会見したのですが。まさかね。

第二次会見では日本政府の意向三点を述べたのです。一つは、太平洋の平和を維持して、世界戦争を太平洋に拡大せしめないこと。第二点は、日米間に諒解をつけて、戦争の勃発を防ぎ、引いては日米協力の上、世界の平和を恢復すること。第三点は、支那事変を速やかに収拾すべきものであること。

これは第一次会見からひと月後の三月十四日のことで、かなり具体的に、意見を交換しましたよ。私は先ず日米が戦ったら、仮りにアメリカが勝ったとした場合、極東は安定を失う。ソ連はそれに乗じて益々拡大し、かつてのロシア帝国時代の極東膨脹を来たすだろう。そうなれば満州国も巻き込まれる。一方イギリスとドイツ戦争は長期になる傾向が充分に考えられる。ヨーロッパから太平洋に拡大すると、長期戦となり、勝った者も負けた者も、社会革命が起きる。従って日米は協力して、世界平和を維持する責任がある、と伝えたしだいです――」

「野村さん、支那問題について言及されたと思いますが――」

「ええ。勿論ですよ。支那事変勃発当初から、日本は局地解決、不拡大方針に努めておったので、蒋介石の国民政府の徹底的な抗戦が原因のひとつとなって、今日まで拡大した。日本が支那に求めていたのは、善隣友好、経済提携、協同防共にあると伝えました。汪政府との新条約にも証明されているように、東亜の秩序です。近隣諸国と友好関係を保ちつつ、経済的にも共存共栄を図ったのである旨もルーズベルトとハルに伝えておきました。

そしてアメリカに望む所は、積極的に支那を援助するような態度、また日本に対して通商を停止するような態度は、日米関係を悪化させるから、此の点も深く考慮されてほしいし、これらは両国で、何とか解決の途を講ずべきものだと思う、と日本側の気持ちを述べたのです――」

この時、野村は咳込んだ。余り肺の様子がよろしくなかった。肺活量が減っていた。

「その第二次会見のときの、ルーズベルトとハル国務長官の反応は、私どもの方には届いてなかったが、どういう意見だったですか。当時、外交問題は極秘扱いで、国民には知らされておりませんでしたが」

「緒方さんのところの記者には、中野君か細川君だったか、それとなく話しましたよ。ルーズベルトはこう言いましたね。日本の能力は他国と平等主義で、充分に競争する力を持っている。アメリカも善隣政策を採っており、他国を武力で圧倒する力はあるけれども、それは無益有害と信じていて、そのようなことはせぬ。カリビアン海に対してもそういう方針でやっており、その島々を収得せよ、という説に対し、イギリスが多額の行政費を支出するのを、アメリカは引受け無用を説いているところであると言っておりました。

日本の対支政策だが、数千年の歴史と文化を有する支那を、永久に日本が統治することは出来ない、と信じている、一時はいざ知らず、と。むしろ、ヒットラーの世界制覇を気にされておった。

大統領は傍にいるハル長官を振り向いて、ヒットラーは疑いもなくニューイースト、イラク、アフリカまでも植民地化せんとしている。ヒットラーが戦捷を得たあかつきには、日本が唱える東亜秩序と相俟って、アメリカは極めて苦境に立つ。これはとうてい容認しがたい、と語意を強められた。

ソ連については、国民の大多数が無教育で、スターリンの独裁政治である。支那は漸次統一の傾向にあり、支那が変化するものとは思われない。八路軍に従軍している武官の報告に依れば、八路軍のやることは共産的ではなくてエドケーションである、とあった。但しこれは自分が誤っているかも知れないが、いずれにしても、日支事変がいつまで継続してよろしい道理がない、といわれた。

そこで私は、汪と蒋が合流、もしくはこれに類似のことがあれば、事変解決に便宜であろう、と応酬した。その時、ルーズベルトは多少なりとも、色気を持たれたように、私には見えましたね。私も、脈ありと思いましたが、アメリカが最も気にしたのは、やはり三国同盟に関してでしたな」

「それは、松岡外相がヒットラーと会うため渡欧する、との外電が新聞に出たからですか」

「さようです。私が第二次会見前に、アメリカの新聞は松岡外相の渡欧説を取り上げておりました。まずいな、と思い、あれは二月二十五日付で、外相に、アメリカの新聞が渡欧説を取り上げている、アメリカから見るに、閣下の渡欧は極めて不利、暫く延期されるのを有利と認む、と電報を打ちました。日米国交の調整が困難になると心配したからであります。

ところが外相は豊田海軍次官を通じて、四項目を報じられた、とワシントンの海軍武官から知らされる訳です」

＊ヒットラーは何度もシンガポールを攻めてくれと言ってきた

ここまで話した時、松井の左隣りにいる元陸相で当時参謀総長の杉山元が、野村の顔をのぞくようにして言った。

「なぜ近衛首相ではなく、海軍に伝えたんですかね。私は当時参謀総長でしたが、そんな話は届きませんでした。どんな回答でしたか。米内さんはご存知でしたか」

「私は浪人の身でした。及川君が海相で、軍務局長は岡君でした」

米内は、前髪に手をやった。困った時の癖である。

「そうか、及川さんか」

緒方が杉山にかわって質問した。

「当然、野村さんへ直接ではなく、海軍へ、渡欧の意志を伝えたわけですな。どんな内容だったか、井上さんはご存知でしたか」

「私は航空本部長、嶋田さんは支那方面艦隊長官で、二人とも、全く――」

「ああ、それでは東郷さんだ。当時、東郷さんはモスクワ大使でしたから、ご存知ないか」

東郷茂徳は、長身の体を起し、丸い眼鏡を取外すと、テーブルに置いて言った。

「その年の十月二十一日に外相を拝命し、その日に野村さんに日米交渉継続をお願いしましたので、それ以前のことは、野村さんしかご存知ないかと思います。松岡君には、独断先行するところがありましたからね」

野村は、小さく頷いた。それから東郷の方をちらっと見た。東郷が続けた。

「三月十二日は、松岡外相が訪欧旅行の途についた日です。ドイツ、イタリアの政府首脳と交歓することでしたが、あとで分ったことは、ソ連との国交調整です。この日のことは杉山さんが一番詳しいはずです」

「そうでした。私もあの夜、東京駅に行って松岡さんを見送りましたから。たしか参謀総長の杉山さんは、松岡さんに歩み寄って、何か耳打ちされましたね」

緒方は松井の隣りにいる杉山に訊いた。

「ああ。あれはドイツ大使から、日本はシンガポールを攻めてくれ、とヒットラーの指示があった、というのでね。松岡外相に、発車間際に、シンガポールは駄目だよ、いいね、ロシアを頼んだぞ！　と念を押したんです。ヒットラーはシンガポール攻撃を何度も日本に要求してきたので、ドイツを利用してなんとかソ連と話をつけて来てもらいたい、と松岡外相には伝えていたんです。別れぎわに、彼の耳に嚙みつくように伝言しました」

「――同じ日に豊田次官への四つの伝言です。私はあとで知らされますが、こんなものでした」

と野村は、ひと息ついて、続けた。

「一つ。南方武力進出の如きは、統帥事項なるをもって、たとえドイツ側より言及あっても、先方の意向を聴取するに止め、当方よりは何らコミットせざること。

二つ。ドイツ側が日米戦争を示唆することがあっても、必ず長期戦になり、条約の根本に悖《はい》反《はん》するのみならず、日独いずれにも極めて不利になるを以て、両国とも極力対米戦を避くるよう応酬する。

三つ。仏印タイ問題は一応解決したるところ、以後は専ら経済的扶植に努力し、日本の公正なる態度を中外に示したきこと。

四つ。対支和平、対ソ国交調整には、最善を尽さんとすること——

松岡外相は、そういう次第だから安心して、日米交渉を続けてくれ、とのことでした。それで翌朝、私はハル長官を、新宅のウォードマン・パークホテルに訪ねて会見し、両国政府は太平洋の平和維持ということに一致する以上は、大乗的に大きく考え、速やかに妥結する必要がある、と申し出たわけです。当時、アメリカの世論は松岡外相訪欧で、よろしくなかった」

「ですが、ルーズベルトという男は、自分で仕掛け、新聞報道を操作して世論をつくる策士家だった。実態はどうだったのかな」

「新聞は松岡外相とヒットラー会談を非難しておりました」

「しかし、すでにアメリカは南太平洋に艦隊を巡航させておりましたね」

「はいはい。そのことで私は、各地に海軍将校を派遣し、マニラにおいて英・米・オランダとの間に会議をやったりしているが、これは軍事専門家から見れば包囲政策の第一歩とも見られる。かえって戦争熱を煽る、平和に向う進路に改めねばならない、と言ったところ、ハルは、あれはオーストラリアの希望もあって海軍を巡航させた、と簡単に答えていました」

「これは東郷さんにお伺いしますが、松岡外相は、最初からスターリンと日ソ中立条約を締結するつもりだったのですか」

「私がのちに外相に同行した加瀬（俊一）君に聞いたところでは、満州でシベリア鉄道に乗り換え暫くすると、何を思ったのか突然、スターリンに会ってみたい、といい出し、モスクワの建川（美次）大使に車内から電報を打ったそうだ。大使からは見合わせろ、と反対意見が返ってきた。それを見た松岡さんは怒って、大臣訓令を執行せよ、と打電する。

モスクワに着いてからモロトフと会った。彼は首相兼外相だったが、ふと松岡外相に、スターリンとお会いになりませんか、と言って、その場でスターリンに電話をかけた。すぐにスターリンが現われ、会談となった。その席で、あの有名な、日本は道徳的共産主義で行くと一席ぶった。

そして、新秩序の敵は英米であって、英帝国が没落すれば、日ソ間の問題はなくなる、とスターリンを煙に巻いた。松岡さんも私もヒットラーが前年の十二月中ばに、対ソ連戦を準備し、極秘裡に命じていたことを知らなかった。独ソ不可侵の破棄ですな。松岡さんはベルリンに入ると、三月二十七日と四月四日の二回、ヒットラーと会談しています。ヒットラーはその時、英国を潰すには日本がシンガポールを攻撃することだと、焚き付けます。勿論聞き流しです。

しかしスターリンは、日ソ間の中立条約の伏線として、松岡さんに会って打診したんでしょう。帰途につく前に、日本はドイツ同様不可侵条約の締結でしたが、スターリンは中立条約を申し出てきた。

スターリンはドイツが宣戦してくるだろうと感じとっていたのだろう、極東の日本と中立条約を結び、対ドイツに備える腹が出来ていた。

そして四月十三日、モスクワで日ソ中立条約が締結され、クレムリンで調印式となった。それが全世界中に報道された。アメリカ政府の反応は、野村さんがご存知ですね」

＊日米ホノルル会談はなぜ流れたか

「さきほども言いましたが、ハル長官とは四月十四日に会い、支那事変、海軍問題、経済問題、太平洋の安定問題などを語り合いましたが、その会談中、ハルは日ソ条約に及んだ。私は日ソ条約の意味を説明しておきました。ハルは納得したように、同意しました。

私はすぐに日本へ、十一項目の状況報告をしたのです。その中で、アメリカは三国同盟により、非常の刺激を受け、日米戦争を真剣に考慮するに至れるも、二正面作戦は欲せざる所なるべし、を第一項に入れました。

次には、日本の南進問題です。

私は、日本は仏印の戦勢を見て行うことあるべく、必ずしも平和的経済的たるに止まらず日ソ中立条約成立により、むしろ武力的となるを慮り、英帝国及びオランダと協調対抗策をとりつつある、と伝えました。そしてハルからの日米諒解案の提出です。日米交渉は、この諒解案を叩き台にすることになります。ハル四原則ですな。

前文では日米交渉を締結するため共同の責任がある、そのスタンスです。長い文章です。この中で、両国代表者が、ホノルルで会談しようと提案されます。ルーズベルトから近衛総理への会談の提案です。代表者数は各国五名、これには通訳や専門家を含まない、という条件でした。予定では五月です。両国が諒解案を了解成立後に行うものです」

「私どもの新聞も、この諒解案を報道し、ルーズベルトと近衛首相のトップ会談が実現すれば、一番の早道と思いました。諒解案はあくまでも案ですから、両国トップ交渉の場で詰めればいい、との意見が多数でしたね」

緒方がそこまで言ったときだった。それまでじっと眼を閉じていた松井が、ふと眼を開け、体を乗り出した。

「そのトップ会談は、なぜ実現しなかったのかね。原因は、アメリカにあるという説だが、東郷さんは勿論、その場にいなかった。ここにいる人では杉山くんしかないな」

「当時、私は参謀総長で、この件は直接聞き、参謀本部の意見を出しております。アメリカからの素案を協議したのは四月十七日の連絡会議が最初でした。この日が対米国交調整の第一回連絡会議でしたが、私は陸相と話し合った上で懇談会に出ますが、この日は近衛総理が野村さんからの電文を説明し、議決はしないで、以後自由討論ということになります。

総理は経緯を説明しましたな。まず前年の暮れにアメリカの宣教師二人が来日した。二人はルーズベルトをよく知っていたので、国内の空気を伝え、帰国させます。その後大蔵省出身の井川がアメリカで二人に接触、また岩畔大佐がサンフランシスコで会った時に素案を渡された。

松岡外相が帰国してから態度を決めることにして、経緯と内容が説明されわけです。

私はその時、所感を六つほど申し上げた覚えがあります。一つは、イギリスを強化せんという意味ではないか。二つめは三国同盟条約に抵触しないか。ドイツに与える不利、イギリスに与える利はどうか。三つめは、支那に対する和平工作。これは従来の態度と相違しないかどうか。近衛声明と矛盾しないかどうかです。

四つめは大東亜共栄圏建設にいかなる影響があるか。五つめは、これを充分に研究したあと修正案をつくるか、又は拒絶するか。六つめは、ルーズベルトとハルは充分に話が進み、ほぼ腹を固めているだろう。日本が素案を呑むと、国際信義上、問題にならんか——そんな感想を述べた記憶があります」

「その後、松岡さん帰国後はどのような内容でしたか」

緒方が、杉山に尋ねた。

「——それ以前まではタイとフランス国との問題が議題でしたが、それ以後は日米交渉、対南方政策です。

松岡外相帰国後は、あれは二十二日でしたか、夜の九時から夜中の十二時半頃まで。松岡外相の帰国報告です。外相は睡眠不足で、かなり疲労しておりましたな。

松岡外相は先ず対米問題を、次いで対ドイツ、イタリア首脳部会談、日ソ中立条約締結の経緯、そして独ソ関係、イタリアの状況を報告されました。

対米問題では、モスクワ駐在のアメリカ大使と会って、ルーズベルト大統領は大バクチ打ちである、欧州戦争も支那事変も、みなアメリカが援助してやらせている、平和を好む大統領は日本の平和を好むことに同調し、蒋介石に和平勧告を提議するように建議してはどうか、と述べたそうです。

そのあと大使は大統領に電報した。その返事がモスクワにくるかも知れんと思って待っていたが返事は来なかった。帰国して野村大使からの提案に接した。対米問題は支那事変処理以外に、相当重大な事が含まれているから、二週間か一ヵ月位、慎重に考えなくてはいけない、と述べておられた。自分の考えとは大分異なる、と言っておったな」

すると誰からともなく、

「二週間もあとですか？」

と、溜息をつく者がいた。

＊ハルノートに満州国は入っていたか、いないか

「――それで、日本はどういう返事をされたのですか。特に松岡外相の考えとは？」

緒方が尋ねた。

「あれは――」

と言って、杉山は天井を見上げ、日時を思い出そうとしていた。一度眼を閉じたあと、

「――たしか十日後でしたかね、次の連絡会議で松岡外相は、ソ連と中立条約を結んだ筋で、

アメリカとの間に中立条約の締結を打診し、その反響を見たいと提案があった。多分アメリカはイヤと言うだろうが、世界非常の折柄、このようなこともなって見てはどうかと。

そしてアメリカに、フィリピンで日本人の無差別待遇を認めさせるよう提議した。アメリカの参戦は世界文明を没落させるので、アメリカに充分注意するよう伝えてはどうか、とも。しかし私も皆も、これには不同意です。それでも松岡外相は、試案だから、乗ってくれば良し、来なければそれでよし、応じてくれれば結構ではないかと。全員、さすがに沈黙しました。

近衛総理は、中立条約は皆不賛成だから、取り止めてはどうかと松岡外相に言うと、松岡さんは、考えさせてくれと言ったあと、野村の思い付き、ということで先方に申入れさせる如く、軽く取扱って見るのも一方法ではないか、と喰い下がりましたが、結局、打切られた」

「しかし松岡外相は日米諒解案を大幅に修正し、日英和平条件（第三項目）も全部削り、また南方の資源獲得のため武力に訴えないという条項も削除され、これを出す前に日米中立条約を提案しようと、連絡会議にかけたが、中立案の件は打ち切られた。にもかかわらず、訓令と松岡外相は上書も、野村さんに打電された」

「松岡外相からのオーラル・ステートメントは読みました。七日、一応日米中立条約に関して、日本側の意向を伝え、会談しましたが、ハル長官は、アメリカは今や速やかなる行動を必要とするのであって、余り手後れにならないうちに行動の要がある。ヒットラーの七つの海にまで及ぶことは忍ぶべからざる所であって、そのためには十年でも二十年でも抵抗する決心である、と繰り返された。日米諒解案、ハルの四原則については、若干修正を認める旨を語られたが、まだ政府からの訓令を受けていないと言うと、不快感を隠せないでおられた。

十一日に日本政府の訓令に依って対案を提出するわけですが、ハルは支那より撤退したあと日本はその兵力を南進に向けるのではないかと訊く。私は、南進は平和的が本旨であると述べた」

「野村さん、ハル四原則の中に、満州に触れられていたはずですが」

「はい。第三番目のH項に、満州の承認があります。アメリカ大統領がAからH項までの条件を容認し、これを日本が保障したる時は、アメリカ大統領は、これに依り、蔣政権に対して和平の勧告を為すべし、とある。蔣政権と汪兆銘政府との合流も条件の中に入っておりました」

「それを松岡外相は大幅に修正した？」

「そのとおりです」

「ついには、ヒットラーの征服政策を支持している指導者がいては交渉できない、と暗に松岡外相外しを求めてきたんですね」

「そこの所は東郷さんがよくご存知かと」

「私もあとで聞いて知ります。内政干渉だ、と怒ったと。何よりもドイツが六月二十二日、独ソ不可侵条約を破ってソ連を攻撃したことです。

松岡外相は参内して、日本もドイツと協力してソ連を討つべし。南方は一時手控えるほうがよいが、いずれは戦わねばならぬ。いずれは、日本は英・米・ソ連を同時に敵として戦うことになります、と上奏した。しかし陛下は、国力にかんがみ、妥当であるか、政府と統帥部の一致した意見かどうか、心配された。木戸内大臣が近衛総理に、近衛総理は松岡外相に確認しておられる。

松岡外相は、すぐに実行する意味ではない、と答えられておられるが、はたして松岡外相は日ソ間の中立条約を、どれだけ守る意志があったものか――。間もなく七月二日、陸軍さんは満州で、八十五万の兵と武器、資材を持ち込んで関東軍特別演習実施を認められる。

ついには七月十日の連絡会議ですな。この日のことは杉山さんが一番ご存知かと」

「――七月十日ですか。関特演決定後なら、ハルからの回答をめぐって、松岡さんが、ハル案はむずかしい、と言って、斉藤顧問に発言させましたな。ハル案は防共駐兵を非認しとる、と言って。ハルは南京政府承認を取り消して、重慶を回生せんがためだと。また満州は支那に復帰せよ、承認しないと読みとれるとも言っておられた。

確かに、ハル回答は、日満支の共同宣言を白紙に戻して、日支で交渉せよ、と言ってるような内容でした。そんな条件で日支が交渉したら、逆転するに決っとると。日本兵の無条件撤兵を目標としていた。それに治安駐兵を認めていなかった――それで松岡君は斉藤顧問の報告と同じで、ハル回答は乱暴千万である、と怒り、十二日の連絡会議で調整することになった。

私は十二日の会議で松岡さんに、仏印の話はビシッと手を早くうち、それからアメリカに返事を出すようにされてはどうか、と言ったのだが、外相は、まあ考えます、のようだった。永野さんは外相の言うとおりにと言い、岡君はそれじゃ下の者が仕事がやりにくい、と結議は延ばされましたな」

第二章
海軍はなぜ日米開戦に暴走したのか

＊ルーズベルトの好意

野村と杉山の話をじっと聴いていた米内光政は、なぜ日米首脳会談が頓挫したのかが知りたくて、緒方の進行を待った。

緒方は、米内の表情に、そのことを悟った。そして少し耳が遠くなった野村に、

「ところで。ルーズベルトと近衛のホノルル会談のことですが、なぜ実現しなかったのですかな」

と訊いた。

野村は、うむ――と固く口を閉じた。何処から話した方が良いか、考えあぐねる。

その時、緒方の後方で、ドアをノックする者がいた。緒方が振り向きながら立ち上がった。

やがてドアが開き、坊主頭の男が入ってきた。白い開襟シャツの石原莞爾《いしはらかんじ》である。

全員が、石原を振り向いた。硬い表情になる。

「遅くなりました。皆さん、ご無沙汰しております」

と、太いダミ声で挨拶した。

ふと、杉山と板垣が、顔を伏せた。

「こちらへ、どうぞ。席は自由席ですが」

緒方が板垣の横の椅子を勧めた。尿毒症気味か、顔がむくんでいる。石原は、テーブルに両手をついて頭を下げた。それから椅子に腰を下ろし、背筋を伸ばした。

「さあ、続けましょう。野村さんどうぞ」

「――順序を追って話します。最初の会談計画は四月十四日のハル長官の四原則に基づいて、ホノルルで首脳会談をやろう、ということでした。しかし皆さんご存知の、松岡外相に依る修正案をめぐって、日米交渉が難抗します。

そのさなか、ドイツ軍はイギリス上陸を計画するなどヨーロッパ戦線は拡大し、五月二十七日、ついにルーズベルト大統領は国家非常事態を宣言するわけですね。

ところが六月二十二日、ドイツは独ソ不可侵条約を破ってソ連を攻撃します。

それから日本は南進してインドシナに進駐する。ハル長官は、いくら私が平和的措置と言っても通用しなくなりました。『日本はこの次はシンガポール、インドネシアに進むのだろう。その第一歩を踏んだ』と、日米関係は悪化し、ついに、首脳会談のチャンスを失い、日支和平の道も閉ざされましたな。

私からひとつお伺いしたいことがある。それはインドシナ進駐を進めたのは陸軍か、海軍か、どっちだったかということです」

野村はそこで、初めて隣りの松井を振り向いた。

松井は、左隣りの杉山元を横眼で見て、

「当時、インドシナにいた西原一策少将によると、陸軍が進駐するが、参謀本部からの伝達はなかったという。何のためにインドシナへ進出したかは、海軍の第一委員会の『帝国海軍の執るべき方策』にあるのでは。アメリカに石油をとめられた場合のことを考えて、政策を推進したはずだね。どうなの、杉山クン」

杉山は、海軍の米内の方を見た。それから天井をにらみ、暫く考えたあとで言った。

「海軍国防政策委員会の第一委員会は、最初から、対アメリカ戦となる、油の確保のためには、南部仏印に行くしかない、ここを占領する。陸軍頼む、でした。米内さん、そうでしたね」

「第一委員会はアメリカから輸入している七割の石油が供給されなくなると想定していました。開戦当初は一年もつが、二年めは南部仏印で、という考えです」米内は眼を伏せた。

「いつの間にか、陸軍の発案で進駐した形になってしまった。全ては、海軍が使う石油のための南部仏印進駐でした。陸軍は石油よりも鉄砲ですからね」杉山は天井を見上げた。

「――そうでしたか。そのインドシナへの進駐から、ハル長官の態度も変わるし、ルーズベルトは私を避けるようになります。八月に入って、八日でしたか、ハルを私邸に訪ねたとき、もう一度ハワイでの両国首脳部の会談を提案しました。ところがハル長官は、『自分がホワイト・サルファーに療養中、日本政府は武力行使のことに決定したる旨の報告に接していたが、その後、その通りに実現された。このことは貴大使と話し合っていた所と矛盾している。日本の政策に変更がない限り、話し合いの根拠はない』と拒否されました。

南部仏印に武力進駐することと、太平洋の平和を維持するという政策は両立しない、ということです。

この状態では、わが国に政策変更がない限り、話を進める余地はない、と本国に電報をうち、東京でグルー大使を通じて、取り次いでほしい、と付言した次第です。

アメリカは、日本の仏印進駐は、要するにドイツと策応して行われたもので、アメリカとソ連との関係については、ヒットラーを破るために、協力して行く、とも言われた。

アメリカは資金凍結に出たあとで、石油輸出禁止を伝えてきた。それでも私は、両首脳会談をハルと大統領に提案したのです。国内ではどうだったのか、それを知る人はここには杉山さんしかおりませんね」

「うむ。八月二日、いや四日か。近衛総理は東條陸相と及川海相に、ルーズベルトとの直接交渉で日米交渉打開をやろうと、提案された。決裂の場合は、対米戦争を覚悟する、とまで言われた。

陸相はこれに対して、適当でない、失敗のさいは、対米一戦の決意を以て之に臨むのであれば異存はない、と答え、なお及川海相は総理案に賛意した。天皇も早急実現を促したほどだ——」

「私も、のちにグルー大使と豊田外相との間に会談の斡旋があり、グルー大使は本国に具申したと聞いてます。野村さん、そうでしたね」と東郷が野村に顔を向けた。

「グルー大使も日米首脳会談実現に動いてくれましたよ。当時、両国の平和関係は行詰っていて、何とか政策の転換をやらなければ結局戦争となる、とアメリカの閣僚の中にも、そうした意見を持つ者もいました。ハル長官に大統領との会見を申し出ていたところ、八月十七日、この日は日曜日で、しかもチャーチル首相と洋上会談を終えて帰えられたばかりでしたが、会ってくれましてね。

その席で、チャーチルとの軍艦上での会談の話をしてくれた。アメリカにも主戦論者が多くて、という口振りでした。それから私に大統領の考えをまとめたメモを、直接に渡された。そのメモのことは日本にも伝えています。今もはっきり覚えておりますよ。こうです。『日本政府は極東に於て種々の地点に於て兵力を用い、遂に印度支那をも占領した。若しも日本政府が隣接諸国に武力を行使し、若しくは武力の脅迫に依り、武力支配の政策を今以上に続けるならば、米国政府は直ちに、米国及び米国民の正当な権益を護り、且つ米国の安全及び保安を保護するに必要なるあらゆる手段を採るのやむをえざるに至るべし』と。

それでも私は日本政府の意向を伝え、両首脳会談を申入れました。すると大統領は、ホノルルに行くことは地理的に困難である。自分は飛行機の搭乗を禁じられている。日本の総理がサンフランシスコかシアトルに会いに来てもらうのは困難だろうと思うが、アラスカのジュノーはどうだろうか。ワシントンと東京の中間にあると思うから、と提案された。東京から何日かかるだろうか、と尋ねるので、私は約十日間位、と答えたら、それなら十月中旬頃はどうだろうか、その頃がよかろう、と言われましたな。やる気でしたよ。

そして私に『クローズド・ドアーを歓迎するものではない。今度このドアを開くのは日本の順番である』と申され、一枚の文書を手渡された。私と会う前に、タイプした書簡で、その中にも『米国は七月中に中断した非公式会談（注・両国首脳・ホノルルで）を再開し、なお意見の交換のために適当なる時と場所を定むることを欣快とする』ということを書いてあった。

私はすぐにそのことを日本政府に打電し、最後に『何卒此の際、政府に於て大英断に出られ、同時に與論指導に当る情報部、陸海軍の宣伝に大いに意を用い、官民相携えて大局を保全するよう切望に堪えず。国家未曽有の難民に際会し、沈黙を守るは不忠なりと信じ、敢て卑見を具陳す』と伝えました。

郵政長官のウォーカー氏は、『日本政府がここまで進んできたことは大英断である。大統領にしても大英断である。なんとか成功を望む』と励ましてくれたものです。

しかし日本からの訓令は届きません。私は東京へ電報で催促するのですが、返事がなくて困りましてな。あれは八月二十三日でしたか。ハルを訪ねて、状況を伝えたのでした。ハル長官は、日本の膨脹主義者を抑えきれないでおられるようで。せっかく大統領自ら首脳会談の場を提供してここまで来たのに、どうしたものかな。そのうちに近衛総理からルーズベルトへのメッセージが二十七日に届き、すぐに二十七日正午に要旨を口述し、その日の午後八時に英文にした長いメッセージを届けたわけです。

すると大統領は、近衛公との会談は三日間位を希望する。近衛公は英語が話せるか、というので『話せる』というと、大変うれしい顔をされて、『それは非常に好都合だ』と言われた。

しかし、ついに首脳会談は実現できなかった。会談が行われていたら、双方の食い違いが確認でき、修正もでき、日米戦は間違いなく回避できました。非常に残念です。海軍はなぜ、陸軍と歩調を合わせたのか、なぜ外務省と同じ立場で反対しなかったのか、理解できません。太平洋戦争は海軍が起した、それを陸軍のせいにしておりませんか」

＊「山本君は、日米は戦ってはならぬと言った」

室内の空気が重くなった。

全員、沈黙したままである。緒方は進行させるため、石原を指名した。

暫くして、石原莞爾が、声に出した。

「皆さんはご存知のはずで、言った方がよろしいでしょう。九月四日の御前会議後、近衛総理は右翼に狙われた、それで身を引いてしまわれた。体調も悪い。あの方は持病を持っていてね。切羽詰ると、持病に襲われ、弱気になり、さっと身を引く癖がある。私は二度、あの方に裏切られている。今回もそうでしょう。

ルーズベルトも足を悪くされていたし、近衛さんも持病がある。誰だって病気の一つやふたつ位ある。右翼に脅かされたからと言って、国を売ってどうするか」

石原の太い声に、難聴の野村までが、はっとして体を起こした。野村が直接石原と会うのはこの時が初めてで、「噂どおりの男だな」と、溜息をついた。

「これは杉山さんしか、知る人はいませんが、近衛メッセージを米大統領に送られたあと、豊田外相とドイツ大使との間に、何があったのですか。ドイツは三国同盟を結んでいるので、黙ってはいなかったはずですが」

「私より、東郷さんの方に記録があるかと」

しかし、杉山は東郷の反応がないので、続けた。

「私が聞いたのは、八月三十日の連絡会議で、松岡さんと代わった豊田外相から、オットー大使とのやり取りが報告されました。

オットーは軽井沢で避暑生活中だったが、前夜二十九日東京に戻られ、豊田外相を訪ね、いきなり、三国同盟に対して日本側が方針を変えたのか、と訊かれたそうです。近衛メッセージの内容を知りたい、というので、外相はアメリカとの問題なのでドイツ大使に話すわけにはいかない、と断ったそうです。

オットー大使は近衛メッセージを送った目的を求めるので、豊田外相は、太平洋の平和に関し日米間をこのままにしておくのは面白くない結果になるから、メッセージを送った、と答えたところ、オットー大使は、アメリカの手に乗せられて長引かせられることになるから、その手に乗らずに、お止めになってはどうかと詰め寄られる。

それで外相は隠認自重してアメリカの輿論を緩和して刺激を与えない方が日本にとってよい、両国共静かな態度をとれば、自然に緩和が出来ると思う、となだめた様子でした」

「九月に入って、軍令部提案の『帝国国策遂行要領』に関しての御前会議となりますが、前日五日夕方、陸海統帥部長が呼び出され、近衛総理立ち会いの下で御下問があり、杉山さんは奉答に苦労されたとか。御下問の内容はどういうことでしたか」

緒方が訊いた。

するとと杉山は、陽やけした丸い顔で、

「あの時は、陛下は、なるべく平和的に外交をやれ、外交と戦争準備は平行せしめずに外交を先行せしめよ、南方作戦は予定どおり出来ていると思うが、お前の大臣の時に、蒋介石は直ぐ参ると言うたが、未だやれぬではないか、などです。

その時私は、困難を排除しつつ国運を打開する必要があります、と奏上しました。すると陛下は大声で『絶対に勝てるか！』とおっしゃられた。

私は陛下に、絶対とは申し兼ねます。而し勝てる算のあることだけは申し上げられます。必ず勝つとは申し上げ兼ねます。なお日本としては、半年の平和を得ても、続いて国難が来るのではいけないのであります。二十年五十年の平和を求むべきであると考えます。決して私共は好んで戦争をする気ではありません。平和的に力を尽し愈々の時は戦争をやる考えであります、と奏答しました」

「九月六日、帝国国策遂行要領が御前会議で決定されます。この日、自衛のため対米、英、オランダとの戦争を辞さない、概ね十月下旬を目途に戦争の準備を完整す。その間外交の手段を尽す、ことを決定しました。ここに日米首脳会談の実現は遠のきます。それでもグルー大使は、日米首脳会談を実現させようと働きかけていたようでしたな。十日でしたか、豊田外相に覚書を渡されたが、長引きましたな」

海軍の岡軍務局長は、アメリカが対日石油輸出禁止に出てきた時『海軍は判断を誤った』と泣いたというのは、本当ですか？　井上さん」

緒方が質すと、井上は、首をかしげた。

「あれは八月一日に、在来日本人の資産凍結令公布に続き、七月二十八日にわが軍が南部仏印に進駐した直後の、航空機用潤滑油の対日輸出禁止でしたが、岡君（敬純）は、まさかアメリカがそこまでやる、とは思っていなかった、と語ってましたね。岡君が『とうとうこんなことになったか』と言って泣いたのは、ハルノートが日本に届いた十一月二十六日のことですよ。東條内閣が十月十八日にでき、九月六日の御前会議を白紙還元し、外交に望みありと思ったが、結局十一月五日の御前会議で、九月六日のものと同じことになった。外交交渉打切りが十二月一日でしたな、東郷さんが外相になられたから、詳しくは東郷さんがご存知のはずですから。岡君と私も、まさかこのように、アメリカが手を打ってくるとは思いませんでね」

「それは、陸軍側の言葉です。想定しませんでしたからね」

杉山が返した。

暫く沈黙が続く。

「――首脳会談準備に戻ります」

緒方が、進行した。

「海軍としては、外交折衝に望みをかけていたそうですが、どこまで準備していましたか」

するとと嶋田が、珍しく口を開いた。

「ルーズベルト、近衛会談のため、海軍は新田丸を準備し、また電信員を配して、開戦前まで、横浜に控置していましたよ」

「開戦前までですか」

「そうです」

「しかし、すでに海軍は鹿児島、佐伯で、真珠湾攻撃を想定して、魚雷訓練、艦攻爆撃の訓練を仕上げておられましたね。東條陸相はご存知でなかったのかな」

「連絡会議で極秘扱いで、分かるのは出撃前でした。私もそのことを連絡会議で知ったわけでした」

「杉山さん、まさかアメリカが石油を止めてくるとは、思いませんでしたか」

「陸軍は支那で精一杯です。アメリカと戦さするなど、毛頭考えておりません。その準備もありません。真珠湾上陸訓練もやっておりません。アメリカとの戦さは海軍がやるのです。ですから、海軍に、本当に勝てるのかと聞きましたら、一、二年は戦えると言っておりました」

「しかし、海軍には油も兵器もない。山本長官が上京されて、海軍首脳会議があった。たしか、九月二十六日でしたか、大激論されましたね。ゼロ戦三百機で戦えるか？　と。井上さんは航空本部長でしたが、海軍内では、戦争反対論者でもあったんではないですか」

井上成美大将は名差しされて、口ごもった。右親爪で左の眉毛をゴシゴシとこする。それから息を吸い込み、思い直して言った。

「私は澤本頼雄次官が着任するまで、約三週間、次官代理をつとめておりましたが、その時、自分が受けた印象は、海軍はアメリカと戦うつもりで事を進めているのではないか、と思ったものです。日米交渉回答案が回ってきたとき、海軍省と軍令部はとんでもないことを考えていると思って、及川大臣私邸に行き、私の意見を述べました。海軍は、どんなことがあっても、米英と戦争を避ける方針と思われるが、事実は反対のように思える、大臣も、同じ方針ですか、とお尋ねしたところ、実はオレも井上君と同じ意見だ、といわれた。それで書類をつくり直したんですよ。九月二十六日のことですが、山本長官が上京されて『長官としての意見と一大将としての意見は違う。長官としては十一月末までには一般戦備が完成する。戦争初期は何とか戦えるが、南方作戦は四ヵ月よりも延びよう。艦隊としては、零戦、中攻各一〇〇〇機ほしい。現在は三〇〇しかない。しかしこれでもやれぬことはない。一大将として言わせてもらえるなら、日本は戦ってはならぬ。戦っても結局は国力戦になって負ける。日本は支那事変で疲れている。また戦争すれば、朝鮮・満州の民族も離反してしまう』と言われた。

私も高須第一艦隊長官も、高橋第三艦隊長官も同意見でした。戦争すれば負けると反対したのです。

対独ソ対策が決定した時でしたか、アメリカが参戦すると、日本も参戦する、という意味の約束ごとが三国同盟にある。そのことで福留一部長は『戦争の約束をすることは統帥権の干犯だ』と主張された。

だいたいにおいて軍令部は主戦的で、私は大臣に『総長によく話して下さい』と申し上げた。あれは八月初めの頃だったか。永野総長は、戦争をやるなら早くやらねばならぬと言われる、及川大臣は、戦争をしてはならぬと言われたが、結局、戦備、物資を中心とする思想統一については、第一部長が起案し、一部長、軍務局長以上で処理することになる。そしてその結論は『不敗の策はあるが屈敵の策はない』だった」

「それなのに、なぜ海軍は戦えない、と言わなかったのか。和戦の決定を、近衛首相に預けるなど、反対すべきではなかったか。嶋田さん、どうなんですか」

「それはね——」

と嶋田は、咳払いした。

「——それはね。当時、海軍は戦えない、などと言い得る情勢になかった。その理由は船を止めているだけでも毎日石油を喰う。すると海軍の存在意義を失うことになる。艦隊の士気にも影響する。ついには陸・海の物資争奪となる。陸軍は、戦わない海軍に物資をやる必要はない、よこせとなる。だから統帥部としては表面上は、一致せざるをえない、という空気があったんです」

その時、井上が嶋田に言った。

「陸軍側から、海軍は戦えぬと言ってくれ、と言われたことがあったのに、なぜ男らしく、反対しなかったのかな。陸海軍を失うことは海軍が一番知っていたのに。残念でならない」

「お二人とも気付いておられるようでしたが、当時の海軍は、近衛さんを陣頭に立てて進もう、という姿勢でしたね。反対意見は言わず、近衛さんに何もかも一任していた。近衛さんという人は自分の意見を言わないで、側の人に言わせるやり方でした。陸軍では杉山さん、石原さん、手こずられたでしょうけど」

しかし、石原も杉山も、ただ眼を閉じて黙し続けた。

＊ M工作は読まれていた

「嶋田さんは東條内閣で海相になり、東郷さんは外相になられる。野村大使のN工作に命運をかけますが、開戦の腹は決っておられるのに、東條・ルーズベルト会談は考えられなかったのですかね」

緒方は、東郷外相に水を向けた。

すると東郷は、

「その前に、近衛さんのあとに、後継首相として東久邇宮、宇垣大将の名が上がった。もしそうなっていたら、また変わったでしょう。しかし木戸内府が、開戦と腹を決めたあと、宮家の首相では、皇室に影響する、というので反対された。宇垣さんでは陸軍が抑え切れない、そこで東條陸相に、となったと聞きます。杉山さんや嶋田さんがご存知かと」

杉山と嶋田に眼線を送った。

すると嶋田は、

「私は横鎮にいて、事情はよく分りません」

と言って腕を組み、天井を見上げた。

「それじゃ、私から。宮家及び皇室に影響なるをもって、木戸内府は反対された、と聞いております。宇垣大将の件は、陸軍内部でも余り積極的ではありませんでした。東條さんをとられたのは、陸軍を抑え切れる人物としてのことでありました。まだ日米交渉を続ける肚でしたので。陸軍は日米戦には反対でして、真珠湾攻撃のことも、まだ知りませんでしたね。陸軍は駐仏印、シンガポール、香港への奇襲と進攻でしたから。まさかね——」

杉山は、苦々しい顔をした。

「十一月に入って、二日、国策検討終了後、陛下は東條首相、陸海総長に御下問があった。東條首相は統帥部の日米開戦十月上旬の機を逸したと、涙ながらに語り、御前会議と参議官会議の開催をお願い出た。

その席で陛下は東條首相と両総長に、大義名分をいかに考えるか、と問うたそうですが、杉山さん、思い出して下さい」

緒方は、傍でじっと目を閉じて聴き耳を立てている石原の顔をちらっと見た。石原は眠っているようだったが、息が聞こえてきた。当時は部外者とはいえ、緒方に代って進行してもらいたい程、状況を知っている。

「それはだね——」

と杉山は、ひと息ついて言った。

「大義名分については以前から協議してきたよ。二日の御前会議で陛下に聞かれ、東條首相は目下研究中だと答えられた。

陛下はまた、時局収拾に、ローマ法皇を考えてはどうかとおっしゃられたが、私どもは誰ひとり、思いつかなかったことです。私どもが答えられないでいると、海軍は損害をどの位と見込んでいるか、鉄百十万屯あれば、損害があってもよいかと問われる。

永野さんは、日米開戦となったとき、戦艦一・甲巡二・軽巡四、飛行機は一八〇〇機位と答える。

陸軍は、と問われるので、私が、防空保全用にやりますが、東京、大阪、北九州に重点を置き、その他は監視、連絡、燈火管制、地方消防をやる程であります と述べたわけですが、三日の御下問奉答では、香港作戦とマレー作戦について御下問された。マレーの天候やモンスーンで上陸できないのでは、と心配されましてな。

それから海軍に、タイに対する外交交渉は大義名分から言えば早くするを良しとするが、軍の奇襲からは遅い方がよいと思うが、海軍の日時はいつか、とも御下問があった。

永野さんはその席で、初めて、『八日を予定』と名言された。すると陛下は、八日は月曜日ではないか、とハッとされた。曜日のことまでよくお分りでしたな。

慌てて永野さんは『休みの翌日の疲れた日がよいと思います』と答えられる。また他の方面も同じ日か、と問われるが、まさか真珠湾とは思いもしなかったことでしょう。そして翌四日、軍事参議官会議で、用兵に関する件を議決します」

「そうしたさなかでの日米交渉は、やりにくいものがある。一種のカモフラージュと見られたわけでした。六月頃からすでに日本からの暗号発信はアメリカに読みとられていたことが、ハル長官の日記にも書かれておりました」

「今だから言えますが、当時は、まさかと思ってます。完璧のはずが、傍受され、野村さんがハルに会う前には読みとられているんですからね。やり辛かったでしょう。

　十一月二十四日、野村大使からの連絡では、ハル長官は二十二日からイギリス、オランダ、中国などの大公使を集めて相談中なりと。たしか野村大使の会見は二十五日に延期されたんでしたね」

「はい。その前の二十二日、私と来栖さんでハル長官の私邸を訪ねて三時間近く会談しました。その日、ハル長官は各国の大公使たちと協議し、月曜日に本国からの返事をもって協議するが、『自分の力にも限りがあり、それ以上のことは不可能である』と日米交渉について話された。また、『今直ちに日支の橋渡しをする意向はない』と。そして二十六日に、三通の公文、ハル・ノートを受けとるわけです」

　それまで眼を伏せていた松井石根が、突然枯れた声を出した。

「野村大将。私もハル・ノートを、この杉山君に聞かされて驚いたよ。一体何があったのだね。何か、ボタンをかけ間違えたんではないのか、と質したことがあったのだよ」

　野村は横にいる松井に、心もち頭を倒し、それからひと呼吸おいて言った。

「私は『本案の外、考慮の余地はないのですか、大統領は初めて会った日、友人間には最後の言葉なしと申されたではないか。大統領に会わせて下さいと喰い下がり、翌二十七日に、来栖君と二人でホワイト・ハウスを訪問して会談したんです。

ところがですね。大統領は、洵に失望する所である。第一回は仏印進駐により冷水を浴びせられたが、今度はまた、二回めの冷水の懸念もある』という。その時、これは何だろうと考えた。しかし私にも来栖君にも思い当たるものがない。あとでアメリカ陸軍から兵力五万と、一万屯級の船団が台湾南方を南下中、との情報がルーズベルトに届いていたということだった。

大統領はまた、日本から平和的言葉を聞き得ていない。根本的主義の方針が一致しない限り、一時的解決も結局は無効に帰するように思われる、と突き放されたんですな。私には何が何だか分らないでいると、傍にいたハル長官が『日本が仏印に増兵、これに依って各国の兵力を牽制した。更に一方には三国同盟、防共協定を振翳しつつアメリカに石油を求められるが、それはアメリカ輿論の承服せざる所である。アメリカが平和的解決に努力しているのに、東京の要人が力に依る新秩序建設を主張しているではないか』と、矛盾を指摘したのですよ。

それでも私と来栖君は打開策を見出したいと喰い下がり、交渉継続にこぎつけて、十二月一日にハル長官を訪ねて交渉を続けます。その時、両国の代表がホノルルで会って協議する方法を思いつき電報を打った。しかし返事は『適当にあらず』だった。こっちは、まさか日本の艦隊が十一月二十六日に、単冠湾を出てハワイに出撃したとは知りませんからね。東郷外相もそうでしょう？」

「はい。まだ知らされておりませんでした。嶋田さん、米内さん、井上さんはご存知だったはずです。

それにしても十一月二十九日の連絡会で、永野軍令部総長は私に、『戦争に勝てるように外交をやられたい』と言われた時、私は頭に血が昇りました。それで『余猶はない』と反論したのですが、まだ余猶はあるという。それで私が何日に攻撃かと聞くと、初めて永野さんは『それでは言う。八日だ。未だ余猶があるから、戦に勝つのに都合がよいように外交をやれと。嶋田大臣も岡軍務局長も『戦に勝つために外交を犠牲的にやれ』ですからね。誰だったか『外交官も犠牲になってもらわなければ困る。最後の時まで、米国に反省を促し、また質問し、わが企図を秘匿する様に外交することを希望する』と言われ、私はそのようにしましたけど。なかなか。

その時でした。誰かが、国民全部が此際は、大石蔵之助をやるのだ、と言われましたな」

「そうでしたか、大石蔵之助でしたか。そんなことでハワイか――」

松井は腕を組み、天井を見上げ、そして溜息をつき、呟《つぶや》いた。

「わが国は――負ける戦さを――ヒットラーにしばられてしまったな」

第三章
三国同盟の真意

＊石原、東条に反論す

松井石根は、両切りのタバコに火をつけた。煙は開けた窓から糸を引いて月下の外に出て行く。近くで夏虫の声が聞えてきた。

「——三国同盟は英米を牽制するためで、本音はヒットラーの言うとおりにはならない腹づもりだったんだろう？　杉山君や板垣君」

と二人を睨んだ。先輩の松井に声をかけられると、二人は上座の松井の顔を見、それから、眼を伏せた。

「ここにおられる石原参謀の発案で十一年に防共協定がドイツ政府との間に結ばれますが、その後、十五年に、三国同盟へと進展します。おっしゃる通り、英米に楔《くさび》を打ち込む狙いがありました。共に想定する敵に戦おうということでしたが、帝国の本音は、ヒットラーの言うなりにはしない、帝国の判断で決定する腹です。シンガポールへの進攻を遅らせたのも、帝国の判断です」

杉山は、誰に言うでもなく、空間に眼線を止めて言った。

「しかし、ドイツ大使館には、ソ連のスパイがいて、ロシアに筒抜けだったな」と松井。

「全く、不覚です。ゾルゲはドイツ大使の側近でしたので、憲兵が気づいた時には、帝国の手のうちを、ロシア側に伝えられていました」

「ゾルゲの捕逮は遅すぎ、関特演構想はロシアのコミンテルンへ伝わっていたわけか」

「多分に——そう思います」

「うむ。いつから足元が、緩んだのかな。三国同盟さえなければ、外交はやりやすかったろうに。松岡外相は、我々にも手のうちを見せてくれなかった。参議官の意見を聞こうともしなかったね。状況が状況だけに、スターリンにも楔を打ちつけたつもりだったが、他の者はともかく、スターリンを信じてはいけなかった。ヒットラーも、イギリスが手を挙げないと判断すると、独ソ協定を破って、ロシアを攻めたんだから、情報不足だ。日本人は情報に金をかけんのがいかんのだ。私が上海に行く時など、石原君や多田君、杉山君にも言ったが、特務機関を編成してくれと言っても動いてくれなかった。宣慰する心がなくては戦さにならんのだよ。ただ戦さをすればそれで片づくことではないんだ。なによりも蒋介石と直接話せなかったのが誤解を生んだ。同盟の松本君から聞いたように、蒋介石は日本に助けを求めていたではないか。彼は絶対に共産党とは同棲しない男だよ。鍵は宋美齢で、彼女はアメリカ一辺倒だ。私の忠告を聞かないばかりに、蒋介石を追いつめてしまった」

「お言葉を返すようですが、当時私どもは指を喰わえていただけではありません。石原君や外務省も必死でやりました。ここにいる石原君は、近衛総理と蒋介石との会談を設定した程です。

そうでしたね、石原君」

「はい。その前に――」

石原は、むくんだ顔を上げた。

「その前に因果関係を段階的に、区別した方がよろしい。先ず、十二年八月の上海戦ですが、私は海軍が揚子江から撤退し、邦人を全員収容して引揚げたことが、直接、支那側を『日本は上海で戦さをやる。今度は上海だ！』と不安がらせた。

当時は、海軍の艦隊は揚子江、上海沖に停泊していた。完全に撤退はできないが、時々偵察機を上海上空に飛ばしていた。誰が見たって、日本は攻めてくる、ならば先手を打って上海から日本人を追い出してしまえ、ということになる。

八月十三日に、七万の支那兵が、陸から日本人の租界地を包囲した。わずか二千弱の陸戦隊が支那軍の侵攻を防ぐが、これは時間の問題でした。

しかしそうなるまでの因果関係、なぜそうなったのか、どうすればよかったのか、何をどうしたのか――それが今日のテーマであり会議のテーマかと思われますが、緒方さん、いかがですか。真珠湾奇襲、マレー上陸までの経緯と因果関係は、野村大使の証言で、新しいものが出てきました。

同じように、蘆溝橋事件以後、上海戦にいたる因果関係に溯ってはいかがですか」

石原の提案に、緒方は大きく頷いた。頷いた時、七・三に分けた髪が乱れた。

「そうですな。上海戦は何故起き、止められなかったか、に戻りましょう。当時、石原さんは作戦部長、杉山さんは陸相、米内さんは海相であられた」

「ここに、武藤君がいるとよいのにな」

杉山が石原に話しかけた。

かつて二人は、上海派遣軍をめぐって、意見対立した仲だった。互いに言いたいことがある。

すると、米内が、

「石原さん。あなたは十六師団長の時、あれは十五年の七月二十一日か、東條さんが陸相になられた二日後に大阪へ武藤君と飛ばれ、大阪会談をやり、東條さんと武藤君に噛みついた事件がありましたな。海軍にも、その時のケンカの様子が入りましたよ」

と、意味ありげに言った。

石原は、この予期せぬ米内の言動に、はっとした。この会談は極秘中の極秘事項だったはずだが、いつ洩れたものか。石原は米内に鉾先を向けた。

「いつ、どういうルートで海軍の耳に入りましたか？　東條陸相からきつく言われたはずなのに。私も口外しておりません」

すると米内は、意味ありげに頬肉を緩めた。

「私どもにも情報ルートがあります。呼び集められた師団長の名前も分ります」

「そうでしたか。水は、どこからともなく滲み出てくるものだな。名前まで分るとは、よほど海軍は陸軍が憎かったようですな」

「とんでもない。むしろあなたが、この時のケンカが原因で、師団長をクビになり、待命になった、とも聞いています。あれほど不拡大方針をとってきた石原さんを失い、悲しんだのは海軍の方です。福留君なんか、一升ビンをあけて呑み、大声で叫んでおりましたですぞ」

「あっ、福留さんか。あの方には迷惑をかけた。それなら、申し上げましょう。あれは東條さんが陸相になられて二日後の七月二十一日でした。大阪にくる、というので中部防衛軍司令部へ召集がかかります。中部と関西の師団長会議です。何を話すのかと思ったら、日本は南進政策をやる、というのです。仏印からタイ、シンガポールまで武力行使する以外、石油確保の道はないという。

　私は支那と満州を見捨てるつもりか、と喰いついたところ、東條陸相も武藤君も、ソ連はドイツと不可侵条約を結んでいるが、満州を攻めることは考えられない、と楽観する。

　南進することは英米、特にアメリカが黙っていないぞ。経済制裁に出て、場合によっては七十パーセントをアメリカ油田に頼っている石油を止めてくるぞ。少なくとも水際外交に出てくる。油を止められたら海軍は戦艦も出せなくなるから、ヒットラーの口車に乗せられるな、満州を失うことになる。アメリカがソ連と手を組むと、満州も朝鮮も失うことになると言いました。

　アメリカの国力を考えると、絶対に戦ってはならない。せめて十年間は戦うな、と言ってやった。

　ところが武藤君は、油なら南方にいくらでもあると言うから、油のために米・英と戦さをするなど、国を滅ぼす結果になるぞ、と反論しました。どうですか、米内さん。あなたが耳にしたことは、多少歪曲されてますか」

「大方同じです。私は内閣を投げ出したばかりで、大阪で師団長会議の報は入りませんでした。杉山さんや板垣さんはどうですか」

するとそれまで黙っていた板垣が、口をとがらせて、

「私は南京にいて、何も届きませんでしたよ。あとで、阿南君から知らされますが、もうその時は太平洋戦のまっさ中です」

「私は軍事参議官でしたので、直接には耳に入りません。日本が三国同盟を結んだ九月頃でしたが、東條さんと武藤君の呼びかけで、大阪会議をやり、南進論と三国同盟締結構想を打ちあけたさい、石原君に噛みつかれた、という話が入ります
石原君はヒットラー崇拝者と思っていたんだが、三国同盟はいかんと反対されて頭がおかしくなった、とか言っておりました」

「そんなことがあったか。杉山君は九月に閑院宮さまに代わられて参謀総長になられましたね。それじゃ七月十九日の荻外荘での四者会談には出られていなかったわけだ」

「そのとおりです。何を話されたか、あとで知ります。近衛さんの別荘に行ったこともありませんです」

「あれは、松岡外相、東條陸相、留任した吉田海相の四人ですな。あの席で、三国同盟と南進が語られ、ほぼ大方針となったと聞く」

「これは後日談ですが、十九日の荻外荘会談では、東亜新秩序の建設、そのためには日独伊枢

軸を強化する。

前年の五月、ノモンハンで大打撃を受けたのを受けて、ソ連とは日満豪間の国境不可侵協定を結び、その間に軍備を強化して対ソ連戦に備える。

対米・英・仏・オランダ等対策は、東亜の植民地解放のため、積極的に処理しよう。もしも、アメリカや英国が実力で干渉してきた場合は、これを排除するという、東亜の新秩序方針がまとまります。松井大将の大アジア協会も、この方針で活動されますが」

杉山は、横にいる松井に言った。二人は共に情報部出身である。先輩の松井は、昭和四年、田中内閣時代、参謀本部第二部長だった。その時、汪兆銘の武漢政府に追われ、南京を離れて下野していた蒋介石を日本に呼んで、田中首相兼外相に引き合わせた。

＊戦さに勝てば海軍の手柄

松井と蒋介石は、共に孫文の弟子で、互いにアジア解放の運動家だった。松井は蒋介石をもう一度国民党軍の軍司令に復帰させようと考え、日本政府が資金面で援助する「蒋支援構想」を極秘に進める。

昭和二年、田中義一首相の青山私邸で、田中・蒋会談が実現し、密約を取り交わした。以後、蒋介石は日本政府の支援を受けて南京に戻り、軍を編成し、自ら軍総統となり、国民党軍を掌握する。

しかし六年の満州事変、第一次上海事変、さらに十年六月の、梅津・何応欽協定で北支に中立地帯を設置させられた中国では、特に上海で反日運動が広がり出した。

松井が大アジア協会の会長として、中国本土を視察して最後に蒋介石と会うのは十年三月である。だが、蒋介石の中に、対日政策で変化が起きていた。日中和平交渉、中国統一案、アジア同盟構想を説明しても、「そのことでしたら、張群外相と話されて下さい」と突き放した。

その意味は、一介の民間人であって、日本国の代表者ではない人とは直接協定は結べないし、約束できないので、外相を通じてくれ、ということだった。

松井にしてみれば、共に孫文の弟子であり、田中首相兼外相に引き合わせて「蒋介石支援」を取りつけて決めた恩人である。だが八年めに会った蒋介石は、国民党軍の総指揮者であり、党首でもあった。対して松井は一介の退役軍人にすぎず、日本国の特使でもなんでもない。

「恩を仇でかえす」

そんな蒋介石に、松井は失望して帰国する。それが、蒋介石との最後である。

一方小倉生れの杉山は、陸軍大学校卒業後に参謀本部第二部（情報）に入る。陸大は松井より二年後輩になるが、彼もまた、日露戦争が始まると小倉の歩兵十四連隊第三大隊の副官として従軍する。昭和二年は航空本部付で国連代表員である。昭和三年に陸軍省軍務局長となり、五年には陸軍次官となる。満州事変の時は人事と予算をにぎる陸軍次官だった。

その頃の松井はジュネーブ会議の全権委員の準備員として参謀本部付の閑職にある。二人は共に情報通だった。

「私の大アジア協会は、満州国が独立した後の昭和八年に設立されました。私が今さら言うまでもないが、杉山君も板垣君も同じ気持ちのはずだ」と言って続けた。

「十九世紀という年は、まさしくヨーロッパ諸国がアジアを侵略した年でした。英・仏・オランダの各国は西インド、東インド、支那、インドネシア、マレー、ビルマ、シャム、仏印の各地に、経済的にも政治的にも侵略し、西洋文化を押しつけ、アジア古来の文化思想を踏み潰して行った。

その一方でロシアは十八世紀末から清時代の領土であるシベリアを侵略し、ウラジオまで出てきたばかりか、満州の旅順にも築港する。対馬に駐留して測量を開始しているところを英国軍に見つかって追い出されるが、もしもあのまま対馬の一島を基地にしていたら、わが国は日露戦争も戦えなかったろう。ロシアの軍人とは、今も昔も実に油断ならぬ民族ですな。

アメリカは日露戦争の終結の仲介を機に、満州進出を狙っておった。シベリア鉄道でモスクワを往来したアメリカ人の多くは、満州の地質を調査した。それを日本が満州事変を起して、満州国を築くと、手のヒラを返してきた。

彼らはフィリピンを植民地化して以来、支那を狙った。日本は西と東、北と南から完全に挟まれ、アジアは欧米諸国の覇道文化に浸飾され、唯一日本だけが、残った。これは最後の戦いでしたな。

私は十億人のアジアは、地理的にも人種的にも、また文化、政治、経済的にも、一個の運命共同体にならねばならんと、大アジア協会を設立して全アジアの指導者たちを訪ね歩いたもんです。

アジア民族の平和と福祉は、アジア人の自覚と、共に手を取り合うアジア人の結合があれば可能になる、との運動です。分散乱離状態のアジア民族を一個の連合体に組織して、アジアを秩序化する。そうすることで、アジアは独立し、両建化できる――そう望んでいたのですよ。

その点、石原君の東亜連盟運動とは、共通するものがありますな。根底は同じですよ」

「今話された松井さんのアジア主義は、まさしくアジア民族の自覚と独立にありました。その意味では、私どもの東亜連盟運動よりもインドも含む全アジアというスケールのものでした。

東亜連盟運動は、日・支・満・朝の四ヵ国が同盟国となることでした。朝鮮国を自治国にしようと運動もしましたが、運動員たちはことごとく特高に引っぱられてなぶり殺されるなど、全くその真意が分ってもらえなかった。これは無念であります。もしもですよ、朝鮮が満州国のように一つの国家になっていたら、終戦当時、対ソ連戦に出ていたでしょう。また、終戦直後の満州に対しては、国民党政府と共にソ連や八路軍と戦っております。

そればかりか、難民を受け入れたでしょう。さすれば安東経由で朝鮮へ逃れ、悲劇は起こらなかったでしょうな。台湾がいい例ですよ。

東亜連盟は、満州国協和会を支える目的もありました。日支満朝が同盟を結ぶことで、満州人による満州国が、国際的に認められる。それには、蒋介石の国民党が認めることです。鍵は蒋介石の支那だったんです。だから私は北支事変で時局解決を急がせた。が、天津の米・英・仏の三国は、何かと陰で躍動し画策しおった。

それでも蒋介石を抱き込むことで、満州国が国際的に認められる。私は終戦後も、支那が共産党とソ連軍に呑み込まれないため、働きかけましたが、ＧＨＱによって、右翼団体と見なされて潰されます。マッカーサーという男は、実に頭の悪い奴でしたな。おめおめと満州も中国も北朝鮮も、共産勢力下になる。

彼の身辺には隠れ共党員たちばかりだった。マッカーサーは操り人形に等しい。バカな奴だった。

日本は敗けて、先人たちが築いた満州も樺太も北方四島も台湾も、統治国も失った。全ては作戦ミスでしたな、米内さん。大本営は居眠りしていたんでしょうか。私には、あなたちが、なぜソロモン諸島まで戦域を広げて行ったのか分りません。石油やゴムがあるといって、事業家と組んでいたんではなかったのですか。私の耳にも入っていましたよ。でも私は一介の浪人ですから、当時は発言も忠告もしませんでした」

石原の、太いダミ声が、深夜の部屋中に響いた。毎日朝と夕方の二回、日蓮教の経典を声に出して叫ぶので、いつしか太い声になっていた。

その声に、海軍の三人は、ちょっと声を失った。

「おっしゃる通り、石油を求めて行きました。海軍は油なしでは戦えませんのでね。それには豪州を叩く他なかったのです」

「満州の兵隊たちを動員する結果となるが、杉山参謀長、あなたの無知からくる作戦です。私なら、シンガポール・マニラ・サイパンの線以内にとどまり、英米を迎撃していますよ。一度、作戦課の人間に言ったけど、大本営は聞く耳を持ちませんでしたな。それがこんな結果になった。作戦ができん人間が大本営にいて作戦のまねごとをするから敗れるんですぞ。

負ける戦さをするのは子供のやることだ。陸大、海大出の皆さんは、作戦をやったことのない連中ばかりではないか。大臣、参謀長自ら、山本さんのように現地に行くべきだ」

「石原さん、それは言いすぎですよ」

井上成美が、江戸っ子らしい、切れのいい声で言った。

「戦さに言いすぎはない。これまでの話を聞いていると、海軍は日米戦に反対だった。近衛さんに一任した、などと言ってるが、反対意見を言わないことは賛成したと同然である。失敗すれば、あれは陸軍がしでかしたことだと逃げる。

戦さに勝てば、海軍の手柄にする。日露戦争にしても、二〇三高地を陸軍が攻略したから、東郷艦隊が勝利したんではないか。海軍の中に、私と同じ意見を言った者がいるかね。口裏を合わせて、言わせないでいたんじゃないのかね」

「日露戦はともかく、三国同盟締結には、海軍は反対しています」

「しかし南進を策定したのは海軍ではなかったかね。ヒットラーの言いなりではないか。イギリス本土攻撃がダメと分ったヒットラーは、セイロン基地のイギリス艦隊をシンガポールに誘き出して日本軍にやっつけさせようとした。仏印に駐兵することはアメリカとフランスを敵に回わすことと知りながら、海軍は油のため進攻し、陸軍兵を駐留させたではないか」

石原の気迫に押されて、皆が沈黙した。

夏虫の声だけが、室内に流れた。松井はタバコをふかし、天井を見上げた。

＊蒋介石との交渉は外相と海相がつぶした

「日支事変が起きていなければ、三国同盟を結ぶ必要も、また日ソ中立条約も結ぶ必要はありませんでした。石原作戦部長が不拡大方針を唱えても、日支事変はますますドロ沼へと入って行きます。杉山さんは当時陸軍大臣でしたが、止められなかったのですか」

緒方は、目を閉じて、じっと聴き耳を立てている杉山に言った。

杉山は眼を開けると、

「北支事変が、上海に飛び火するだろう、ということは参謀本部も陸軍省も想定しています。西安事件以来、蒋介石はロボットで、背後で操っているのはソ連共産党とコミンテル、それと毛沢東、周恩来の中国共産党軍です。しかし蒋介石は腹の中では、決して共産党軍とは一緒にやって行こうとは考えていなかったでしょう。石原君は、これは支那の内乱だ、と言ってましたが、私もそう思いました。

しかし、蒋介石軍の若い将校たちは、共産党軍に依ってすっかり洗脳された者が次第に増えました。いわゆる抗日、抗戦グループです。

何応欽が若い将校に、将校全員の前で殴られるという事件があったのは、すでに洗脳された抗日、抗戦主義が、国民党軍内に広まっていた証拠ですな。蒋介石は共産党軍もいるため。その場でその将校を捕えることもできんかったそうだから。だから益々思い上がった将校たちが主戦論者になり、蒋介石ら国民党幹部は、退くに退けんかった。そんな状況下の支那軍は、戦闘態勢ですよ。勿論和平工作はしましたよ。外務省は一生懸命でした」

「しかし杉山さん、上海戦は和平工作で、いやその前に、戦さにならずにすんだのではないのですか。上海には海軍がいたことだし」

「緒方クン。それは石原君が適任だよ」

「じゃ、石原さん、どうなの？」

「まあ、因果関係から言えば、海軍にあったな。上海に海軍が、揚子江に艦隊を持っているために、飛び火したと言える。何となれば、第三艦隊は、昔中国が弱い時のもので、軍事的に発展したときには、居留民の保護は到底できず、一旦緩急あれば、揚子江に浮かんでおれない。

ところが軍令部は事変がある前に、これを引揚げることができなかったため、事変後、軍隊を下航せしむる際に、漢口の居留民を引揚げさせることとなった。

元来、漢口の居留民引揚げは有史以来ないことである。もしも揚子江沿岸が無事に終わったならば、海軍の面子がないことになる。

それに、海軍の敵情視察は実にお粗末だった。海軍は江湾鎮の線はとれる、と言っていたが、その真中は全部敵がいて、実際に陸軍が出兵した時には、支那兵は呉淞鎮まで来ていた。

陸戦隊は七万の支那兵に包囲され、全滅寸前で、私は第三師団の一個師団急派を決めた次第です。ですから何度も言いますが、上海事変は、海軍が起して、海軍が陸軍を引き摺って行った、と言える」

「第三艦隊が揚子江から引揚げれば、上海戦は起きなかった、ということですか」

「第三艦隊が揚子湾、上海沖に集結すれば、支那軍は刺激されて、ケンカを構えてしまうわけです。いなければ、どうなっているのかな、と様子を見るでしょう。蔣介石は、日本軍の戦力を知っているから、自分からは仕掛けないですよ。共産党系にまかせていた北支が増派しておったでしょう」

「しかし石原クン、私は上海戦の途中で蔣介石との和平を期待していたんだ。イギリス大使も仲介に入って、松本君も動いた。残念ながら和平交渉は、海軍機がイギリス大使が乗った車を爆撃、大破させたことで、水泡となった」

「米内さん、海軍はイギリス人を毛嫌っておりましたな。和睦するなら、一度話を聞く必要があったでしょう。私は近藤部長を怒鳴りつけましたよ」

「石原さんが電話で怒鳴ったことは聞いております。しかし和平工作が成立すれば、いつでも引揚げております」

「米内さん、梯子《はしご》を外されるのは陸軍です。松井大将です」

「あれは誤爆です」

「ヒューゲッセン大使は誤爆を避けるため、英国旗を立てて走っていた。しかも、不慮の椿事を避けるため、南京からわざわざ車の屋根に英国旗を水平に広げて上海の川越大使に会うため走っている。誤爆でなく、恨みとしか思えない。この爆撃で、和平工作は吹っとんでしまった。

この事実を、海軍は戦後も隠し通したではないか」

するとと、松井は、その事実を知っていて、

「二機の日本機の誤爆を聞いている。射撃したとなると、誤爆ではすまされないな。当時の私は、最初は日本機ではなく中国機だと知らされ、そのあと外務省筋から、日本機と聞いて、あきれてしまったよ。長谷川長官は、ウソを通したんだね」

憮然とした。

暫くして、進行役の緒方は、

「和睦といえば、昭和十三年一月、陸軍は香港で和平交渉に入っていたそうですね。通訳官の岡田尚が手記を残されております」

と松井に質した。

松井は、ちょっと首をかしげた。何か、無念そうな顔の表情のあと、

「支那事変で何よりも無念なのは、トラウトマン工作を、私が支持して、民間人の間で日本と蔣介石との直接交渉の機会が、失敗に終ったことです。

前者は、多分に、蔣介石の宋夫人がにぎり潰した、と見るべきでしょう。もう一つは、李択一君と岡田尚君の二人が、宋子文と連絡をとりながら、香港で、交渉に入っていたさなかのことだった。李拓一君は慶応出のインテリで、日本のために上海で動いてくれんだ。二人は上海から船で香港に出て、和平工作に乗り気だった義弟の宋子文が、蔣介石の指示を受けて、香港に来たんだね。銀行に用があるふりをしてロビーで会い、和平の条件を交渉していたところ、

あれは一月十六日、近衛さんが、『蒋介石を相手とせず』の声明を新聞発表した。

李択一と岡田尚は事情を知らず、宋子文を待っていると、近衛首相が蒋介石を相手とせず、と決定した、と宋子文に英字新聞を見せられるんだな。それで、双方の努力は水泡に帰してしまった。私はこの時程、残念に思ったことはなかった。なぜなら、蒋介石は決して共産党とは一緒になれない、むしろ呑み込まれるのを怖れていて、和睦を望んでいたからです」

「その時の条件をお聞きかせいただけませんか」

「条件は、日本は南京から引揚げる、蒋介石の国民党は南京に戻る、治安維持に、日本軍の一部を一時駐留する、南京が復興したら引き揚げる、というものです」

「上海と満州については？　また北支は？」

「上海は自由都市とし、満州国を承認し、北支は中立国とする、の三つです。宋子文は大変喜んでいたそうです。これで戦さは終わると言ってね。かえすがえすも、近衛声明は残念だった。

杉山さん、なぜ、あの声明文どおりに決定したんですか。誰がそうさせたんですかな」

杉山は、言っていいものか、米内を見つめた。しかし緒方の進行で、ついに告白した。

「――広田外相です。それに海相も同調します。多田参謀次長はずっと反対していました。近衛さんは外相と海相の意向をとり、陸軍の意見を取り消し、新聞発表に出ました。多田君は、ずっと泣いていました。もっと和平交渉を続けるべきだ、と言いましてね。今思うと、私にも勇気が足りなかった。ケツをまくってやりたかったが、前線の兵隊たちのことを思うと、陸相としては、引くわけにはいきませんで――」

「米内さん、いかがです？」

「――そうですね。私どもは長いこと協議を重ねましたが、ドイツ大使の交渉はラチがあきませんで、これは何度交渉しても無理だな、それなら、新しく国民党政府を南京に樹立させて、治安を維持する方が良い、と判断したしだいです。近衛公も、前々から、その意向でしたので」

「米内さん。それにしても、残念だった。和平が成立していたら、日支事変は十三年春で終息していましたな」

「そうですね。しかし広田外相は、なぜ急がれたのか、状況的には、焦る必要もなかったんですがね」

「板垣さん、北支にいて、どう思われましたか」

緒方は、先ほどから黙っている板垣に訊いた。板垣は、暫く考えたあとで、

「私どもの耳に入ったのは、二日後でしてね。南京は、腰を決めたな、いつ終わるかの。それが実感でしたな――」

もう一度、松井石根は、

「いや。無念であった。歴史は皮肉なものだ」

と、小さい声で、呟いた。

第四章
中国の内乱

✻何応欽の面子《めんつ》

皆に、温いお茶が出された。誰からともなく「深夜に呑むお茶は格別の味がするな」と、声がもれた。そのまま、静かな時間が流れた。夜烏の啼き声で我に返った。

「蓋付きの茶碗といえば、阿南君が好きだったな。あの顔には似合わず、蓋がないと怒ってね」

杉山が、大きな指で、蓋を逆さまにしてのぞいた。すると松井が、

「東條君も、蓋付きを好んだよ」

と言って、白磁の茶碗の底をなでた。

「イギリス人が最初に来た頃は、この茶を求めてきたというのだから、勝手なものだ。茶商人たちは大金持ちになったからね。胡椒を求めてインドへ、その後インド支那へ、茶が金になると知るや、今度は中国本土へ、そして日本へ、利権を求めてくる。来るときはアヘンを運び、売った金で茶を買い、本国で売る。考えて見れば、日本も、石油を求めて戦さだったたな。

ただひとつ違ったのは、満州だった。列強国は経済活動に入り、沿岸には列強国の村が築か

れていた。満州だけをしっかり経営しておればよかった。戦さにもならなかったろうと思う」

ふと、石原が呟《つぶや》いた。緒方が、口もとを引締めて言った。

「――太平洋戦争開始から終戦後のことは最後の所で仕上げたいと思います。全体の三分の一をすぎたところで、北支事変に入りたいと思います。当時、石原さんは参謀本部第一部長、杉山さんは陸相でしたが。先ず石原さん――」

「私は、呼び方はどうでもよいと思う。天津事変といってもよいし、歴史に区切りはありませんからね。さして言えば、蘆溝橋事件前後の因果関係を明らかにした方がよいでしょう。不幸の始りは、土肥原・秦徳純協定でしょうな。察哈爾省から支那軍を追い出したことです。梅津・何応欽協定による中立地帯協定の線でとどまっておればよかったのです。あれじゃ、北支の責任者何応欽は北京におれなくなったではないか。面子なしだ。

何応欽を追い出したことが、対支那政策の決定的なミスだった。何応欽はあれだけ犠牲を払って協定を結んでくれたというのに、その恩を仇で返した天津駐屯のアホどもは、思い上がっていた。

大体、先が読めない人間が作戦をやっては不幸の始まりなんだ。まして支那人の面子を一番ご存知の松井大将にも相談なく、勝手に秦と協定を結んでしまったんだからね。

当時私は仙台におりましたが、このニュースを知った時には、腹が立ちました。満州は山海関一帯の中立地帯設定で充分すぎるほどです。北京にも天津にも駐屯しているし、また列強はアメリカを含めて一国二千人近くが駐屯している。北京には何応欽が、蒋介石の命令で常駐している。彼がいる限り、決して無理はせんですよ。

そのことは松井大将が一番ご存知のはず。それを相談もなく、満州を守るため、防波堤になるんだ、と言って支那軍も何応欽も追い出してしまわれた。何応欽がいたからこそ、宋哲元は大人しくしていたんです。

立場を逆にして考えてみるといい。日本が例えば九州で、駐屯している支那軍の兵士が日本人になぐり殺された、どうしてくれるか、九州を丸々よこせ、と言って協定を結ばされると、日本人は面子をけがされ、恨むはずです。

私だったら『今に見てろよ。いつか必ず仕返してやる』と腹に止めますな。同じことを何応欽や宋哲元、蒋介石に味わせてしまったんです。よろしいですか。支那は支那人の土地なんです。そこに日本人も居候させてもらっているだけです。イギリスは香港を九十九年の期限付で借款したが、日本人は満州も北支も、奪いとる。

満州の場合は、反張学良の民間人が立ち上がって、満州人の国になったが、北支は力で奪いとったままではないか。北京から黄河まで占有して北京政府をつくり、南京政府と対峙するなんぞ、もっての他だ。支那人の土地は支那人に返すべきだ。

まして、何応欽にまかせるなら分るが、反蒋介石一派の政府では、ますます悪い。陝西省にいる中国共産党にとっては、いい口実をつくってしまったことになった。違いますかな、杉山さん、板垣さん」

杉山は黙した。大声でまくし立てる石原の声にうんざりした様子である。板垣はそのことに気付いた。杉山に代わって言った。

「当時、支那駐屯軍司令官は梅津中将で、関東軍副長は岡村寧次少将。私は武官だったが、前年の五月北京軍事委員会総参謀熊斌《ゆうかん》中将と関東軍との間に、塘沽《タンク》停戦協定が結ばれ、北支では融和ムードが広がっていた。この協定で、互いに良い関係でした。

軍政部長の何応欽は協定を結ぶに当たり、日本側の停戦条件を汪兆銘行政院長に直接報告し、同時に自分の判断を伝えている。その判断とは、ここで日本軍に北京と天津を放棄すれば華北地方に日本の傀儡政権が出来る。そうなると再び、華北地方の奪回はできなくなる。それよりは、このさい、華北地方を確保するべきで、これからは国力を養い、国民党と国家の基礎を固めるのが得策だ、という内容だったと思います。

ま、何応欽将軍の判断が反共人の汪兆銘行政院長の心を動かしたわけですが、但し満州国は承認しない、それ以外の四条件で停戦交渉する、ことになったわけです。

関東軍も、停戦命令を受けて、準備に入ります。支那側は、北京の政務整理委員会委員長の黄郛の秘書李択一がよく動いて連絡をとり、何応欽軍政部長と会ったりして働きました。先ほど松井さんの手足として香港で宋子文と連絡をとり和平工作に動いた李択一です。彼の働きで、黄と何応欽、そして南京の汪兆銘行政院長との連絡がスムーズに行ったわけです。

香港工作は十三年一月中旬ですが、宋子文は李択一という人物を知っていて、信頼してたはずで、だから重慶からわざわざ香港に出てきたんでしょう。実におしいことをしましたね。

塘沽停戦協定は、そういうわけで、汪兆銘は満州国承認以外の条件での停戦を指示してくる。

塘沽での停戦協議までには色々とありましたが、第六、八師団は関東軍事司令官命令で各隊に停止を命じ、五月三十一日に、停戦交渉会議になり、午前十一時十分頃に、協定文に代表者が署名して成立します」

「板垣さん、その時の支那の人たちは、すんなりと認めるわけですか？　停戦協定をどう受けとめられたわけですか。直後に、排日運動が起き、天津では新聞『国権報』の社長に続いて、親日系の新聞『振報』の社長が暗殺される事件もありましたね」

「緒方さん。あなたも新聞社経営者でしたから、身の危険はあったでしょう。二人の新聞社社長も、それなりに警戒していたのに、暗殺されます。二紙とも親日系の新聞でした。

犯人は天津駐屯の特務機関説、共産主義者説、北京憲兵説がありましたが、どうやら上海保安処長楊虎城と北京の憲兵第三団長蒋孝先の二人と見られています。

アメリカのジョンソン公使も北京憲兵説です。この二人が協議して、数人の狙撃要員を天津に送った、という説が有力でした。

ここから先は支那駐屯軍の経緯になりますが、明治三十四年の関係十一ヵ国と清国との間に調印された『北清事変最終議定書』で、日本も駐屯権を持っております。北京の公使館、天津・山海関までの鉄道守備の権利です。これは、国際的警備の一部を担任する性格のもので、各国との協議を建前にしています。そこで暗殺事件です。これは、黙っておれません。また北京憲兵隊が仕掛けたワナでもありましたね。

ところが駐屯軍は大げさに、暗殺事件を取り上げ、恣意的、巧名欲的な動きに出てくる。

確かに、協定で結ばれた緩衝地帯には、いつの間にか匪賊がはびこり、反日満義勇軍という雑軍部隊が進入しておりました。これを支持していたのは河北省主席でもある第五十一軍の于学忠だという説もありましたが、中共軍も合流していたようです。

私ども関東軍は万里長城以南には駐屯権は持たぬのでありまして、河北省は支那駐屯軍が、安定をはかるべき、と考えておりました。テロに対しては日本人の刺客で対応という方向ではなく、政治工作で、北京憲兵や北京政治訓練処、藍衣社や暴力分子を北支方面から一掃する方針をとるのは、川越領事も梅津中将も同意見だった、と聞いております。

梅津中将が参謀長の酒井大佐に指示して、塘沽停戦協定が成立する直前でしたか、関東軍にも了解とりつけが入り、参謀本部の許可を得て、口頭で中国側に要求した。

要求項目は、蒋介石の対日二重政策の放棄、北京の憲兵第三団及び軍事委員会政治訓練処、国民党部、藍衣社の北支撤退、第二師・二十五師の撤退、暗殺事件の関係者、憲兵第三団長将孝先、丁正・政治訓練処長、藍衣社京津弁事処の何一飛、河北省主席の于学忠の罷免でしたね」

「当時、河北の中国軍は于学忠指揮下に第五十一軍と中央直属の第二師と二十五師、憲兵第三団でしたね。五十一軍以外の引揚げを要求でした。日本軍は鉄道守備隊と北京、天津を合わせて二千人位と見られてましたね」

「その他、山海関・秦皇島に三百人程度。常時二千百人程度です。とても、これでは治安は無理かと。そこを反日ゲリラが狙った」

「一説では、関東軍が塘沽停戦協定を結んだので、支那駐屯軍も、功名心にかられ、北京と天津をわがものにしようとしたんだ、と見られていましたな。私どもの大阪の記者が、そういう原稿を書いたら、駐屯軍に破られたと言ってました」

「暗殺関係者をひと月近く調査したんですよ。その結果、五十一軍以外の軍が関与していたことが判明します。酒井大佐は、このままでは、北京・天津の両方に、停戦地区をつくらんといけない、と主張し、河北省に位置する全中国部隊の撤収を要求します」

「何応欽は、日本の内政干渉に、黙って応じましたね。隠忍そのものではないですか」

「そうですよ。何応欽には、共産軍の動きが見えていたんでしょう。日本軍とことを起さず、まとめに出た。それが、あの大人事と撤退でした。憲兵第三団長蒋孝先の解任、政治訓練処長の解任、河北省政府、党部の保定への移転、天津市長の解任、于学忠河北省主席の転出、そして第五十一軍及び中央三十軍である第二と二十五師、憲兵第三団の河北省外への移駐決定、五十一軍の移駐開始は六月九日でしたな。河北省には新たに、三十二軍が進出し、国民政府は、排日行為と反日団体の組織を禁止し、ここに梅津・何応欽協定が成立したわけです」

「それから間もなく、関東軍は察哈爾省に、『反満抗日』軍が満州国の熱河省に侵入しているのを理由に、同様の要求に出て、北京駐在武官府の土肥原少将と察哈爾省代理主席秦徳純との間に協定を結ぶ。あれは六月二十七日でしたな。河北省、北京、天津を統轄する。立場を変えて見れば、恨み百倍ということでしょう。なぜそこまで――塘沽停戦ラインで充分に満州国が守れたんじゃやなかったですか？　何応欽の面子と立場は完全になくなり、支那軍はバランスを崩しはじめたんではなかったですか？」

「おっしゃる通り、武人は面子を重んじる。何応欽はそのことで十二年八月、中央軍官学校で、若い将校に殴られる事件が起き、蒋介石も何応欽も、表向きはいいが、立場が弱くなり、何応欽は軍政部長を辞任します」

＊「力は安心の支えになる」

「三十二軍の馮玉祥は察哈爾省の主席でしたが、もともと中国共産党寄りの軍人でした。何応欽にかわって、国共抗日の指導者になる。その意味では梅津・何応欽協定は、かえって、日支間に不幸をもたらしましたね。いちばん中国を知る松井大将の考えは、今まで語られておりませんが、いかが思いましたか」

緒方は、松井に、意見を求めた。

松井は板垣の話を目を伏せて聞いていたが、緒方の九州弁訛りの声に、はっとした。

「何応欽とは何度も会っていて、よくぞここまで、日本の言いなりに、応じてくれたな、と感心したものです。日本人は、彼には大いに感謝しなければなりませんな。

私は当時、軍事参議官と内閣参議を兼任しておりましたが、詳しい報告はありませんでした。しかし何応欽と酒井参謀長とのやりとりは、後日知らされました。その頃、何応欽は軍政部長にして軍事委員会北京分会の委員長代理をされていて、酒井参謀長は北京にいる何応欽に会って要求項目を突きつけたと聞く。

理由は、支那の中央軍が、満州国境を越えて熱河省に入り、抗日運動を策動しているとのことだった。中央軍は何応欽の直轄軍で二個師団と憲兵団でしたか。驚いただろうね、直轄軍を撤退させろ、憲兵団長や政治訓練処長を解任させろ、というのだから。これは支那の内政を干渉することで、適切ではなかった。立場を考えようとしない梅津君の失策だった。

北京は、支那人にとっては故宮だ。日本なら京都で、もしも終戦後、京都御所にＧＨＱが本部を置いたら、テロが連日発生しただろうね。それと同じだよ。果して、それでアジア同盟・アジアの共存共栄がありうるかね。

私の大アジア協会としては、認めたくないな。石原君の東亜連盟だって同じではないだろうかな」

松井は、緒方の横にいる石原を見ようとはせず、眼を閉じた。それから腕を組み、無念そうに首を傾けた。

「石原さん、どうなんですか」

緒方が、石原を促した。

「うむ――」

と、石原は溜息をついた。

それからひとこと、「先を読めない遇策だ！」と、吐き捨てるように言った。

重い空気が再び室内を被った。緒方は暑さを覚えた。杉山が扇子を煽いだ。

「――石原さん。そうではなくて、あなただったらどうされましたかです」

と緒方が右隣の石原に言った。

「答えは簡単です。梅津司令官が直接、北京へ行って何応欽に頭を下げてお願いするのです。私だったら酒井にやらせず、自ら出かけて、土下座しますね」

その時、全員が、「え？」と声に出した。

迫水だけが、こらえ切れずに「ふん」と鼻で笑った。そして、こういう時の癖である、右中指で、自分の額を、トントンと二度叩いた。

どれほど沈黙の時間が流れたか。緒方にも判らなかった。彼は、進行の立場を忘れていた。すぐ近くで、夏虫の声が聞えてきた。月の明りを、朝陽と間違えているようだった。

「――土下座か」

と、井上が、ぽつりと言った。

それを合図に、全員、溜息をつき、そしてフーッと息を吐いた。それで、肩の力が抜けた。

「土下座して、その後は？」

と、野村が言った。外交官らしく、交渉する術を、知りたかったようだ。

「先に、何応欽の前で、土下座して、塘沽停戦協定と、満州国を作ったことを侘びるのですよ。それだけで充分です」

またも、全員、声を呑んだ。眼だけがカーッと、開いている。石原の口から次に出てくる言葉を、息を呑んで見守っていた。

「それだけです。あとはありません。皆さんは、支那兵のために日本の兵隊さんが命を落としたではないか、と怒られるでしょう。しかしそれは支那兵も同じです。家族もあれば、子供もいる。日本人だけが死んだんじゃありません。日本兵の血を流したから、とおっしゃるのは、余りにも勝手すぎる。そうした態度が、外交の場に出たときには、相手を傷つけますし、隠忍となります。

私だったら、何応欽に、満州国も返します、協定もやめます。どうぞ御自由に。ただし鉄道の警備は、命をかけて守ります。これは清国と十一ヵ国との議定書にある駐屯権だからです。さあ、ゲリラでも何でも送って下さい。法を犯したら、日本兵は米英仏らと一緒に、兵を上げますよ、と言えばいいのです。

しかし何応欽は日本人の武士道を多少なりと知っていますから、そんなことはせんでしょう。彼は蒋介石の懐刀ですから、すぐに蒋介石に連絡をとり、中央軍を厳罰するでしょう」

「でも石原さん。あなたと板垣さんで起した満州事変後の満州国を国民政府に返上するということは、とりも直さず、張学良に返すということになりませんか」

野村は、前傾していた上半身を起して、石原を直視した。

「それでもかまいません。中央直属の二個師団は東北出身の軍隊ですから。彼らは喜んで満州に帰るでしょう。それも張学良を見捨てて。何応欽と張学良を比べたとき、彼らは何応欽をとりますよ。力の方に走る民族ですから。でないと、あの広い大地では、生きていけませんからね。力は安心の支えになる」

「満州を返して、どうなりますか」

野村が、石原に質したときである。

「結果は内乱です」

と、石原は突拍子のない結論を披露した。

さすがの外交官も、唖然とした。下顎が落ちたままだった。

またも、訳が分らないまま、厚ぼったい空気に包まれた。暫くの間、石原に話しかける者はいなかった。

緒方は、やっとの思いで、先ほど鼻で笑った迫水に、水を向けた。

「――そう、そうですな。内乱となると、熱河省から入ってきた中央直轄軍と満州の関東軍、それに五十一軍は、誰が敵になりますかな」

と、緒方と石原に尋ねた。

「関東軍は引揚げます。日本人も皆。関東州へ退がり、満鉄を守備しますから、五十一軍と中央直轄軍、それに満州国軍、それぞれ撃ち合いになるでしょう。ま、満州国軍は、国民党軍や中共軍にも来てもらいたくない。それに張学良軍もごめんとなる。それだけ、反張学良の民間人で国家を経営してますから」

「ということは、何応欽の国民党軍と、満州国軍の間で内乱ということですか」

「それもありますが、当時の蒋介石には、満州まで手が伸ばせませんね。足もとを掬われるから。張学良以外の誰かにやらせるでしょう。何応欽かも知れません。それでも立派なものではありませんか」

「しかし内モンゴルから西には毛沢東とソ連共産党軍がおり、満州と北京、河北省を狙っとりませんか」

「大いにあります。そうですよね、板垣さん」

板垣は、石原に名ざしされ、不快そうであった。がやむなく、重い口を開いた。

「それは、アメリカでしょう」

それだけしか言わない。

「アメリカが満州国軍を支援ですか」

今度は東郷が、体を乗り出した。

「そういうこと。日本に代わってね」

「石原さんも同じ考えとでも？」

「同じですな。アメリカは一気にやって来ますね。フィリピンからB24でなら五時間。訳はないでしょう。山海関、北は運河、東は延吉、綏芬河など東満に入るでしょうな」

「ソ連はどうでしょう」

「勿論、アメリカよりも前に、東満と北満に入り、ハルピンまでくるでしょう。一番早いのはソ連です。三日でハルピン占領です」

「三日、ですか」

「東満と牡丹江は二日ですな。綏芬河は半日で占有ですな」

「そして、どうなりますか」

「あとから上陸するアメリカ軍と、奉天辺りで対峙するか、分割ですかね。ソ連は日本に売った東支鉄道が狙いですから。ドロボーですな。そこに蔣介石、何応欽、中国共産党系の馮玉祥も加わりますが、彼らは北京を優先するでしょう。そのあと満州でしょうが、いずれにしても内乱です。ドイツだって黙ってはいないでしょう。満州どりに出てきます。各国の分取り合戦になるでしょう。泣くのは満州の国民です。

そこで大問題がひとつ起ります。それは豆満江の先にある朝鮮半島です。こっちにも雪崩を打ってきます。歯どめがきかんですな。

先ずソ連が北の国境から入り、沿海州から上陸するでしょう。安東から橋を渡って新義州に入った国が勝ちですな。通化を貫けて北部へ渡ると、そこからは一気に平城をめざして南下です。

どうしますか、日本は。抵抗できますか。共同戦線を、どの国と組みますか。こういう状況下では、出来っこないでしょう。蔣介石も毛沢東も、黙って指を喰えて見ているだけでしょう。戦車一台も持たないのですから」

石原の毒舌は、とどまるところがない。しかもそれが全て的を当てているから、誰ひとり反論できなかった。唯一、石原に逆説を言えたのは、緒方である。

＊満州内乱のあとにくるもの

「石原さん、先ほどの、何応欽への土下座に戻りますが、もし石原さんが土下座したら、何応欽はどう出てくると思いますか」

緒方は、自分から答えを見つけようとしていた。彼も何応欽と会ったことがあるし、人物を知っている。しかし彼とて組織の人間である。いくら軍政部長でも、南京の汪兆銘、蒋介石の意見にはさからえない。

緒方としては、南京政府は、満州を張学良に返すか、何応欽にまかせるか、二者択一だろうと予測した。

北京については、何応欽が軍政を敷いて政治、経済、外交は南京政府が意のままにやるだろう。同時に、満州国も何応欽に、経営させるだろう。

蒋介石は張学良を余り買っていない、と緒方なりに、分析する。

だが、石原の考えは、全く別だった。

「北京は張学良に、満州を何応欽だろう。そして私に対して、何応欽は、北京と満州に軍隊を駐留させる、むしろ駐留してくれと頼むだろう。でないと、十一個国が駐留している河北省のバランスが崩れるからである。彼自身は、日本との同盟を求めている。なかでも一番、アジアの解放と日支満三国の同盟を希望しているのは、汪兆銘と、彼のブレーンたちだ。

だから、何応欽が、分りました、直属軍と北京憲兵団は保定へ下げます。排日集団は抑え込みます、協定を結んでもいいが、北京は中国のものですので、中国軍で治安を守ります、と南京の汪兆銘に彼の意見を伝えれば、先ず反対しないだろう。彼らにとって大事なのは天津ではなく、北京ですから。北京をしっかり存続させるなら、何応欽にやらせますよ。むしろ北西にいる共産軍が、やっかいです。何応欽は、張家口から大同にいたる防衛線である京綏鉄道をどう守るか、頭をいためるでしょうな」

そこまで言ったあと、米内は、首をかしげた。そして、声を落して、

「石原さん、あなたの幻想ですか？」

と皮肉った。

すると石原は、

「米内さんにお伺いしますが、あなたは蒋介石、何応欽、汪兆銘と会って、彼らの国づくりを聞いたり、読んだりしたことがありますか」

と反論した。

「残念ながら、海軍は、この四人とも」

「それはやむをえないこととして、この三人は同じ考えです。三人の意見が割れるとすれば、女ですな」

またも、石原は突拍子な結論を、ポーンと投げ出した。囲碁や将棋でいえば、十手先を読んだ結論である。室内がシーンとなった。

聞く方は、それまでの道順を、辿るはめになる。誰もが、石原から眼を離さずにいる。暫く

して、

「——女とは？」

井上が体を乗り出した。

すると松井が、「うーん」と唸ったあとでクスクスと鼻笑いした。そして言った。

「あの女三人か——なる程な。おもしろい」

「私より、松井さんが一番ご存知でしょう」

石原は、松井に話の尾を振った。

「そうですな。宋三姉妹は、全く別々の考えで、むしろ対立していると見るべきです。三人とも父親の影響でクリスチャンですが、なかでも末っ子の美齢は、英語が達者で、活動家で、親英米派です。日本人を嫌っています。

この三人の女性とは少女時代から会ってますが、女は夫次第ですな。変わります。あの広い中国ですから、通信手段はなく、誤解が誤解を招き、悲劇に発展する。今の三姉妹はまさしく、分裂です。末弟の宋子文は美齢寄りというより、彼はアメリカとのパイプ役ですね。英語が達者で、アメリカもイギリスも、この宋姉弟は一番扱いやすい。事実、すでに割れた状態と言えますかな」

「そればかりか、蒋介石への影響も大きい存在でしょう。彼女が事実上の秘書と言ってよいかと」

「梅津・何応欽協定はやりすぎですか」

緒方が松井に、確認するように言った。

するとと松井は、

「あすこまでやっては、中国人の面子がない。むしろ、石原君が言ったように、梅津君が何応欽の所に行って、テロ対策を協議した方がよかった。力づくで、内政干渉をやっては、現地の責任者である陸軍大臣の面子がなくなる。やりすぎです。その後の、支那軍を察哈爾省から追い出す協定は、決定的でした。明らかに、北京包囲ですな。恨みを買いましたな。何応欽の立場はなくなり、彼は間もなく、北京におれなくなり、南京に戻されました。満州国を守るためにやったことが、かえって何応欽の立場を苦しめる結果となった。彼がいなくなると、かつて共産系に近い馮玉祥、直系の宋哲元の手に渡る。

北京を中心に河北省に、反共政権をつくろうとしたことが、北支事件、上海事変へと戦域が広がり、支那軍を敵に回すことになる。

新聞もそうだが、日本人は、直情的な言動で、支那人に優越感を持ち続けたことが、両国民の親睦を阻害してきた」

「松井さんは昭和八年の春、大アジア協会を創立される。発起人は近衛さんを初め、広田弘毅、徳富蘇峰、末次信正、戸塚道太郎、鹿子木員信、中山優、今田新太郎、鈴木完一など陸軍、ジャーナリストが揃っていました。各国に支部をつくられますが、アジアの解放は必要だったでしょうかね」

その時、松井はこれまで見せなかった行動に出た。先ず開襟シャツの襟を正し、ボタンをひとつひとつ指さきできちんとしているかどうかを確認した。そのあとで、背筋をピンと伸ばした。

「私は、巣鴨に入獄が決ったとき、病床で『興亜理念並にその運動』を書きとめ、その第一章で『アジア連合結成の必然性』、二章で『アジアの再建は日本の天職』三章で『支那事変の完全な行詰りの原因』そして『アジアの団結と自立』という流れで書きとめております。

この論文は英訳されてGHQに渡されますが、彼らはポイッと捨てたそうです。

きっかけは満州国の建国です。ですから満州協和会とも連絡を取りながら、アジアの独立、列強国からの解放運動に入るわけですな。釈迦に説法ですが、後世の人は世界史をしっかりと読みとっていただきたい。つまり十九世紀という時代は、英・仏・蘭の各国は西インド・東インド・支那・インドシナ・マレー・ビルマの各地に、政治的、経済的に侵略して、物資面、思想面で西洋文化を注入して支配しとりましたな。ロシアはそれ以前にシベリアを清国から奪い、東北アジアの領土を奪取し、ついには遼東半島を、さらには朝鮮と中国に軍事顧問を送って洗脳しよった。

アメリカは遅れて、フィリピンに入り、アジアに手を出す。中国本土、なかでも満州が欲しかった。それをここにいる板垣、石原両君が中心に、領有したもんだから、腹が立ったんですな。

私は、分散乱離の状態にある諸民族を、一個の連合体に組織し、統制する必要を痛感しました。それが出来る民族は、日本と中国しかないんです。どこがリーダーシップをとるかとなると、中国でなく日本です。

中国は余りにも土地が広く、まとまりません。それに蒋介石は、アメリカ、イギリス、ドイツと手をにぎっていて、彼の意志は通用しなくなっております。

国際経済は、当時ヨーロッパ連合、アジア連合、アメリカ連合、ソビエト連合、あるいはアングロサクソン連合など民族的諸集団の対立及び協力関係にありましたな。

そこに目ざめたのは、孫文です。彼が最初に大アジア主義を唱えました。彼の弟子の一人が蒋介石や何応欽など、当時の中華民国の指導者でした。しかし人の心は変わります。彼は変わった。変わらないのは、何応欽や張群くらいでしょうな。

蒋介石は支那をひとつにする、という野望がある。一方では、他の軍閥は対日反感を強める。彼はそれを利用しているから、二枚舌政治家だと言われる。もっとも陸続きの支那ではそうやって行かないと生きていけないわけで、これまでの支那の歴史が語っております。

昭和十年から十一年は、一見して北支は落着いたかに思えましたが、中共軍の山西省侵入に見られるように、内乱が始まった、と言ってよいですね、石原君」

「はい。これは明らかに内乱です。見て見ぬふりだし、満州国を生長させることに専念すべきでした。だから私は、不拡大方針を打ち出したのです。満州以外には手を出すな。それだけのことでしたが、主戦派の軍人は手柄がほしくて、統帥部の方針を無視しては事件を起して行った。困った連中です」

第五章
北支の嵐と不戦十年

＊昭和維新とは何だったのか

松井が大アジア主義のあらましを述べたあとである。それまで沈黙していた嶋田繁太郎が、河北非武装地帯に冀東防共自治委員会をつくった経緯を質した。

緒方は、当事者がいないため、杉山に振った。経緯を知る者は、のちに板垣、石原だが、石原は十年八月に、初めて中央部の参謀本部に異動で移ってきたばかりで非該当者である。

また板垣は九年十二月に関東軍参謀副長になり、満州協和会の再建と熱河省作戦を担当していない。

その点、杉山は九年八月に参謀次長として支那駐屯軍、司令官梅津美治郎中将に命令する立場にあった。

「冀東政府の殷汝耕長官は、早稲田を卒業した文人です。彼の奥さんは日本人で、非常に日本のために尽力され、命を投げうちました。彼の人格を認め、非武装地帯の治安と経済を、お願いしたわけです。

一方の北京には、冀察政権ができ、国民党左派の馮玉祥の部下である宋哲元が自から軍長となり、かつての旧西北軍で治安につとめておられた。殷冀東政権とちがって、冀察政権は旧西北軍の流れでしたから、毛沢東の中共軍とも連絡をとっていた、左派系の軍人たちでした。

冀東政権は通州にあって、ここには邦人三八〇人が生活し、最も治安のいい都でした。非武装地帯の経済活動も活発で、日本人なら一度は住みたい都と言われておりましたね。蘆溝橋事件後、支那軍の統率が乱れ、抗日運動が激しくなります。殷夫妻には、実に気の毒な事態になり、私どもは、決して忘れてはならぬ人です」

「蘆溝橋事件までは、非武装地帯は安全で、経済活動も盛んだった訳ですな」

「おっしゃる通り。塩税、その他農産物から得る税収で、豊かな生活をしております」

「それじゃ、蘆溝橋事件を、ここで検証してもらいましょう。どうです杉山さんと石原さん。杉山さんは陸相、石原さんは参謀本部作戦部長でした。

もっともその間、国内問題は大変でした。松井さんが広東、南京を訪問して重臣や蒋介石と会っている間に、二・二六事件が起き、石原さんは戒厳司令部の第二課長として、事件収拾に走り回わられた。むしろ、この時の真相が先ですかね、石原さんから伺いたい」

「うむ——私に言われてもね」

と、石原は、思い出したくない気持ちを押さえていた。語りたくなかったが、緒方に促され、やむなく口を開く。

「まあ、どこから入っていいものか。私はその夜は早めに就床していたんだが、翌朝、新聞班長の鈴木君からの電話で、事件の概要を知らされたんです。すぐに武藤君に、教育総監が殺されたそうだが、そちらには何か知らせはないか、と電話を入れたが、ないという。それですぐに参謀本部にかけつけ、事態を収めることにしたんです。片倉君がいたので、誤解もへったくれもない、早く事態を収めることだ、統帥権を確立しなければいかん、私兵を動かしてはいかん、と説諭し、陸相官邸に行く。そこに古荘次官がおられる。次官が私を手招きし歩み寄った時、うしろで片倉君が磯部に頭を撃たれたんでした」

「その時、杉山さんは参謀次長でおられた」

「私は九段の憲兵司令部に出かけたが、大臣も次官も石原君もいないので、あれは午前九時半頃だったか、公平少佐を伴って宮中に参内して状況を奏上したんですが、すでに軍事参議官が集められ、事件処理に当たっておられた。そこに石原君が現われたんですが、まあ、石原君が怒りましてね」

　杉山は石原を横眼で見た。それから唇を固く閉じた。

「私は杉山次長に、断乎たる態度で臨むことです、と進言しました。次長は軍事参議官が事件処理に当たっているので、苦しい立場ですよ。だけど、これは戒厳令で一挙に片づけてしまえと言ったんです。けど杉山次長はウンともスンとも言わない。慎重な方ですから。

　その後、軍事参議官の非公式会議が開かれて、皇軍相撃を避けて、決起部隊を一刻も早く戻すことになり、川島大臣は、決起の趣旨は天聴に達せられた、原隊に戻れと告示した。

　これは、決起隊の行動を是認するもので、私は不満です。再度次長に、戒厳令を施行すべきだ、とお願いして、八時頃閣議決定し、枢密院を経て翌朝、御裁可を頂いた次第です。

私は重要産業五ヵ年計画に着手したばかりでしたので、参謀本部第二課にとっても、早く解決せにゃならんわけです。私までが戒厳司令部に引っ張られて、迷惑千万だった」

「私の新聞社は社員に給料を払ったばかりで、ポケットには給料袋が入っていた。若い将校が私に向って大刀を横に払ったので、私は上衣を切られ、ポケットに入れていた紙幣までバッサリとやられました。石原さん、昭和維新とは、ああすることだったんですか」

「とんでもない。奴らは反乱軍だ。岡田首相、斎藤内大臣、高橋蔵相、鈴木侍従長など、天皇陛下の重臣を殺すなんぞ、許されることではない。朝憲を紊乱した反徒ですよ。

奉勅命令が下達されたとき、反乱軍は皇軍相撃を避けてほしいと訴えてきたが、私は近衛師団長、第一師団長、航空部隊に、総攻撃開始の、司令官の命令を口達しました。国家犯罪者を許すことはできんのです」

「海軍は芝浦沖に集合して上陸開始寸前でしたが、陸軍の反乱軍と一戦やるつもりだったんですかね」

「海軍の中にも強硬派は、陸軍がやらないなら海軍でやれ、という者が多く、押さえるのにひと苦労しました。もしも、手つかずでいいなら、芝浦から上陸したでしょう」

「のちに、石原さんは辞表を出した、というのは本当ですか」

「はい、出しました。三月一日付で、川島大臣に進退伺いを出しました。二十九日夕刻に大体片付いたので、その夜自宅に戻り、書いて一日の日に提出し、家に帰ってそのまま一週間、自宅謹慎です」

「武藤課長に、参謀本部の課長以上は全員現役を引け、と言ったそうですね」

「電話がかかってきて、私だけが一身を潔くしたって仕方がないでしょう、というから、私は何も自分の一身を潔くしようなどという気持ちではない、と言ったのです。そして、この際、中央にいる課長以上の者は全員責任をとって身を引け、とも。すると武藤君は、中央にいる将官が全部辞めたら、部長になるものがいなくなるではないか、と言うから、私は言ってやりました。今の将官なんか一人もいらない、部長も大佐で沢山だと」

「大佐の部長ですか？　武藤大佐にやれ、ということですか」

「当時、それで若返るし、反乱軍たちに対する、シメシです」

「間もなく、三月十二日付で、参謀本部は時局対策を打ち出し、ついには参謀本部の編成改正に発展されます。杉山さん、だいぶ急がれましたね」

杉山は、眼を閉じていた。

緒方に声をかけられて、眼を開けた。それから九州弁丸出しで言った。

「私ではなく、石原君が適任ですたい。起案者ですけんね」

「じゃ、石原さん――」

「――私は自宅謹慎中に考え、思いついたわけです。昭和維新の必然性を確認し、軍は先駆とならねばならん、ということで、杉山次長に、以前から意見具申していたものを、より具体化しました。

骨子は、対ソ国防の確立、満州国経営の促進、軍隊教育の革新、そして軍は昭和維新を実行するため、下克上を排すること。適材適所の人事、中央部業務の中核化などです」

「軍隊教育とは、反乱軍の事件をきっかけに着想したわけですか」

「いいえ。以前から、進言していました。これは、個人主義全盛時代の軍隊から、全体主義、日本主義、国体主義の軍隊として教育し直せ、というものです。西洋流の主義、自由主義、功利主義ではいけない、見直せというもので、軍人は自ら、時代の意識を明確にして、教育を根本的に革新し、在郷軍人、全国民に昭和維新の根本精神を体得させねばならん、というのが動機です。


私が言う昭和維新とは、日満支三国が同盟的結びつきの上で共存共栄する、そのためには西洋流、個人主義、自由主義ではダメで、日本主義を確立しなければいけない。全体主義、国体主義で取り組むことが急務と考えたわけです。


参謀本部は、特に、率先して行かねばならない、そう考えたのが編成改革です。幸い杉山次長の理解があり、参謀本部は組織替えに入ることができました」

「しかし、これまでは全体主義ではなかったですか？」

「ありませんな。オレが、でなくて、オレたちでなければいかんです。国家のためでなくてはいかんですな」

「戦争指導課という、聞きなれぬ組織が、陸軍のリーダーシップをにぎることになりますが、着想の動機はなんだったんですか」

「答えは簡単です。敵に撃れたとき、さあどうするか、と各部集まって会議していては、何も答えが出来ません。原因は、情報資料の極端な不足とセクト主義からくる出しおしみ、です。これをとり払わないと、最初のデータしか揃わない。先ず二課で情報をとり、それに基づく国防国策を決め、広義の戦争指導準備を打ち出さねばなりません。そこで、これまでの第一部を戦争指導課と作戦課に分けた。

第二部は情報、第三部が交通、通信、防衛、第四部が戦史。これで業務の中核化が確立されました。重要産業五ヵ年計画に取り組むことが出来たのも、この組織編制後でした。特に満州での重要産業の開発五ヵ年計画は、具体化して行きます」

＊日満重要産業五ヵ年計画と国力

「しかし二、二六事件は、岡田内閣の辞職、近衛さんの組閣辞退、広田弘毅内閣の誕生、組閣への軍部の干渉、そして粛軍、大将七人の予備役、八月の大人事異動、軍部大臣の現役制の復活など、次第に陸軍省のカラーが強くなります。杉山さん、陸軍の行動はこの辺りからおかしくなりませんか」

杉山は名ざしされて、ちょっと不服そうな顔をした。それから松井をちらっと見たあと、

「軍の干渉という言葉はどういうことかな。当時、日本国家がおかれている状況下で、余りにも政治家は特に議員たちの経済政策、社会政策が無策で、国民の不満が積もっていたわけで、軍としては意見を言わざるをえないところにきていた、というのが実情ですよ」

その時、米内が、杉山を直視して言った。

「同じ軍でも海軍は、二・二六事件で天皇の重臣を殺されました。二・二六事件を五・一五事件と同一視するわけではないですが、五・一五事件後の海軍は、政治に干渉しなかったが、陸軍は、吉田茂外相は牧野伸顕の女婿だからダメだ、下村宏は自由主義者で朝日新聞の副社長だからダメだ、小原進は美濃部達吉を起訴猶予にした男だから司法大臣には向かない、とことごとく組閣にナン癖をつけられましたな」

「海軍大臣に永野修身、そして陸相には宇垣さんが内定していたが、陸軍内で反対意見が出て、使者として中島憲兵司令官が六郷橋で上京する宇垣さんの車を止めて乗り込み、拝命拒否に出られました。

緒方さん、しかし、侍従長には同じく海軍大将の百武大将がおなりになり、海軍の意向で内大臣には前駐英大使の松平恒雄さんが就任し、天皇の側近は海軍で固められたではないですか。政治家たちは、特に陸軍を、立憲政治破壊者と批判するが、もはや政治家に期待するものがなかったこと、不満が、今回の若手将校たちの反乱に結びついたのは事実です。政治家が軍を批判する前に、国家の進むべき道を、国民に見せていなかったではないですか。政治家とは何者ですか。法律をつくるだけで、この世が通じますか。法律なんてものはなくていい。道徳心と国際情勢への対応さえあれば、進む道が開けてくる。

国民はひとつだけ、はっきり知ってほしいことがある。それは、ソ連は日露戦争後、対日関係は休戦中ということです。休戦とは、いつか機会あらば復讐する、反撃する、ということ。

つまりソ連側は日露戦は終っていないわけです。その証拠に、スターリンは小学校の教科書で、日露戦復撃、仇討ちを教えている。そのため、経済五ヵ年計画に入り、着実に重工業、軍事産業を育成し、第一次計画は予定通り進み、二・二六事件の年には第二次計画に入っていた。これは満州が危ないと陸軍では危機感が高まっていた。

しかし政治家も財界人も海軍も、ノホホンとしている。ソ連がドイツから戦車用のキャタピラーをいくつ購入して、戦車に組立て、極東アジアに輸送しているか、モスクワ駐在の武官府では、状況を把握し、陸軍として戦備強化、満州への派兵を提案するか、ナシのツブテです。そこで、ここにいる石原君が中心になって、重工業を育成するため、重要産業五ヵ年計画に取り組み、国力をつけようと取り組んだ。政府予算では頼りないので、民間の力をかりる。それも財閥資本は、利益のことを考えて喰い物にするから、中小企業を中心に、産業を育成する方針を、参謀本部と陸軍省が一緒に取り組み、決定を見ます。詳細は、石原君から聞くといいですたい」

杉山の表情は、怒りで赤くなっていた。石原をちらっと見る。石原は説明しようとはしない。指名されるまで黙っていた。徐《おもむろ》に、海軍側からの質問を待っている様子だ。

質問したのは、当時軍令部次長だった嶋田繁太郎である。大きな頭に、ワシっ鼻がでんと座っている。「東條の腰巾着」といわれ、「腹黒の奴」と非難された男である。

「で、石原さん。満州を守って、どうなさるつもりでしたか」

と質した。

嶋田は軍令部第一部長から軍令部次長になり、その後、十二年十二月付で第二艦隊司令官になる人物で、軍令部畑で来た男である。

上海事件のさいは、陸軍の参謀本部作戦部長の石原とは、青島撤退をめぐって、ケンカした間柄だった。いわば、揚子江から第三艦隊を引揚げさせないばかりか、上海上空に偵察機を出して、中国軍を刺激させた張本人である。そのため、南京、上海間に、中国軍十一万人が上海の日本人街を襲撃し、上海の陸戦隊と衝突し、上海事件の引き金を引く原因となる。

その嶋田が石原に「重要産業五ヵ年計画」の動機と構想を聞こうとしている。

石原は、「今さら――」と、にがい顔をした。

「いかがですか。歴史の証言者として、残しておきませんか」

緒方が、横にいる石原を促した。

「それなら、言い残しておきましょう。歴史家たちは、真意を隠くして、私観で書く傾向ですからな。敗戦国家の歴史家は、どうしてもアメリカサイドや、支那サイドで、被害者ぶりたがるから、本当の歴史になっていませんからね」

「そうです。素通りしているじゃないですか。一行だけスーッと書き逃げた人もいますよ。皮肉ですね。本当のことを残すのが、今回の座談会の趣旨ですから」

緒方は、半ば祈るような気持ちである。それ以上、石原に催促しなかった。

ふと、

「それじゃ、残しておきましょう」

と言って、石原は、続けた。

「頭から陸軍省や参謀本部、政府の企画院をネグレクトした訳じゃありませんよ。私はそれ以前から、満鉄の調査部員の勉強ぶりに注目していました。東大の学者じゃできんと思いましてね。なぜなら、満州のあの汚れた水を一滴も呑んだことがない学者に、何か期待できますか。彼らはマルクス学生に古ノートを読んで聞かせるだけでいいのです。

私が最初に目をつけたのは、宮崎正義さんです。彼はモスクワ大学にもいて、ロシア語も分り、スターリンのスタッフが何を考えているか、大よそのことや、経済五ヵ年計画がどうやって進んだか、をよく分析しているんです。何よりも、東清鉄道はなくてもシベリア鉄道が開通し、場所によっては複線化した駅もあるくらいで、投資資金づくりのためわが国に当時一億円の高い金で売った。スターリンは何を考えたかといえば、いずれブンドってやればいい、高く売ってその金で重工業や軍事産業に投資して武器を大量につくれる、と。事実、第一次計画は昭和三年から始まっていて一年操り上げて当初の計画が完成しとります。すぐに昭和七年から第二次計画に入りました。

ドイツも、ヒットラーは四ヵ年計画を実施中で、こちらも着実に成果を挙げております。十一年末における極東ソ連軍の兵力を、あらゆる情報を基に第二部が作成しますが、なんと狙撃師団は十六個師団です。

全て満州を三方から取り囲む極東ソ連軍ですから、全体で見たらこれの二〜三倍の師団数と言ってよいでしょう。日本の師団数は常設で十七個師団、特設師団が十三個師、合わせて三十個師。うち満州には四個師。

極東ソ連軍は、狙撃師団の他に騎兵師団三、戦車が一二〇〇両、飛行機一二〇〇機、潜水艦三〇隻、総兵力は二十九万でした。これでは満州は対抗できません。軍備充実計画は不十分で、国力を付ける必要が出てきたわけです。

私は杉山次長、松岡満鉄総裁、当時関東軍参謀長になられた板垣中将の協力を得て、宮崎正義氏を参謀本部の委嘱として、日満経済力拡充計画を立案するため、外部機関を設けたわけです。いわゆる宮崎機関ですが、発足間もなくして六月に、膨大な第一次日満産業五ヵ年計画案が策定されます。

この計画は、兵備充実の基礎となる生産力拡充計画で、十二年から第一次五ヵ年計画に入り、昭和二十一年で第二次五ヵ年計画を終える。それには『不戦十年』で、その間国力をつける方針を固めました。担当課は新設の戦争指導課と軍務局の軍事課です。

この計画は日本国内での実施は海軍との関係もあり手続きが遅れましたが、満州政府と関東軍は協議の上、八月に『満州産業五ヵ年計画』を策定し、十二年度から実施することになります。

当時、日本の経済力は極端に貧弱だった。小国日本にすぎなかった。これではいけないと、私は日本が全体主義的国家建設に進み、東亜防衛のため、米ソと互格の力を備えねばならない、と考えたわけです。それには、米英に依存していた経済を、至致脱却して、自給自足経済をつくらねばならない。その基礎になるのが、満州での重要産業五ヵ年計画でした。

戦争と建設を同時に強行すればいいではないか、との声がありましたが、残念ながら、日露戦争でお分りの如く、弾薬が不足するなど、同時強行は不可能と分った次第です。関東軍、満州国政府は積極的に、内地の企業家を説得して、満州への投資と工場誘致を働きかけ、製鉄、自動車、飛行機、重化学工場が満州に移って重要産業開発に乗り出します。これで第一次の一年目がスタートするわけです。前後して私どもは、『国防国策』を策定し、国防国家の姿を描きましたが、そこで問題が起きます。ご存知の、海軍です。嶋田軍令部次長が、その辺りのことは、よくご存知のはずです」

石原は、そこで、残っていた茶をすすった。そして嶋田の出方を待った。しかし、嶋田は苦虫をつぶしたような顔になり、うつ向いた。

＊海軍は南方進出を決め国防国策案に反対した

「国防国策は、私も読みましたよ」

と、言って、松井が小さく頷いた。

緒方と石原は、視線を松井に流したまま、聴き耳をたてた。老将は、細い首を縦に動かすと、おもむろに、「あれはね――」と、煙草を挟んだ左手を上げた。

「その――、お金がないから、軍備予算がつくれないのは当り前なんだな。しかし国防を司る者としては何もしないで、敵に侵されるまま、ではいけない。これまでの帝国の国防方針、用兵綱領は明治四十年四月に制定されたもので、当時はロシアを第一の敵国としていた。先程、石原君はロシアは日露戦で負けたことで、敵国日本と戦い、満州を奪う教育をしている、との話だが、私もそう思う。彼らも、想定敵国は日本だろう。

その後、ロシアの崩壊、共産党国家となり、日英同盟も破棄され、軍備制限条例の締結となり、海軍は軍縮でイラだっている。明らかに英米はこの地球を支配しようとしている。

そこで大正十二年二月、陸海で国防方針、用兵綱領を改定した。この時は、想定敵国はロシアからアメリカに備える。今回は、満州事変、日支間の停戦協定など、状況は大きく変わっている。とてもこのままではいかんわけで、なぜ誰も気付かなかったのかと、今になって無念であった。そこに石原君が国防国策を打ち出したが、なかでも、国策は東亜の保護指導者たる地位を確立するにある、の目標は立派だった。白人の圧迫を排除する実力を必要とする、そのためには航空兵力の充実と、北支を範囲とした戦争持久に、万般の準備を完成させる、ともあったように記憶している。

確かな記憶はないが、最後はアメリカとの大決戦に備える、とあったようだった」

松井は、思い出すように、白い天井を見上げた。しかしその他の項目は思い出せなく、頭を左右に小さく振った。それに気付き、石原が説明した。

「参謀本部と軍務課の構想及び骨子は五つでした。一つは、満州国の育成強化です。二つめは対ソ軍備です。三つめが、産業の生産力を高め、軍備拡充を図る。四つめが、民生の安定です。先ず生活を安定させる。五つめが国連脱退。閉鎖した日本がこのまま独立してはいけないと思い、国際孤立からの脱却です。

ところが海軍は、『北守南進』を基調とする国策大綱を策定した。海軍側が、なぜ参謀本部の国防国策に反対したか、理由はある程度予想できましたが、これは海軍側から言明してもらうのが本筋ですので、私たちは誰一人口外しませんでした。

答えは、「陸軍はそのままの状態で満州を守れ、海軍は南進、南方海洋に経済的発展を策する方向に出て行く、ということ。これは私ども陸軍案を否定し、修正した内容のものでした。

この国防国策に最初に反対し、意見したのは海軍の軍令部次長の嶋田さんと福留第一課長、近藤部長でした。福留課長は私の所に見えて、

『海軍は君もよく承知のとおり、満州事変には反対であった。列国相手の戦争に発展することを保障しがたかったからだ。陸軍がどこまで行くつもりか心配である。海軍が北守南進の北進とは国策として陸軍はこれ以上進まない、という意味で、南進とは日本の将来の未来のため、南方に方向づけようというものである。海軍は南に資源を求める』と言う。

私は、北守南進という言葉は、満州経営もやめろという意味にとられるので同意できない。日本は、今後十年間、脇目もふらず満州の経営に専念すべきである。陸軍は、それ以外に他意はない、と言ってやりました」

松井が尋ねた。

「石原君、海軍は南方で何をやろうと言ったのかね」

「――それは嶋田さん、当時海軍大臣の嶋田さんがご存知です」

「嶋田さん、海軍はその後、ニューギニア、オーストラリア、ニュージーランドをわが領土にする、という方針を六月の国防国策大綱に加えますが」

緒方が嶋田に訊くが、嶋田は言いたがらない。黙り込んだ。

そこで嶋田にかわって、石原が続けた。

「要するに私自身が満州でやってきたことを海軍は南方でやらかすという心配があった。それで、北守南進という言葉は削ろう、文書にしないでおこう、文書にすれば、必ずそれを実行する奴らが出てくるからやめておこうということになった。そしてここ十年間は満州以外に国力を割くべきではないと信ずるので、南進論を打ち出すのはその後にしてもらいたい、と言ったのです。

しかし、海軍は何もしないでは、予算を陸軍にもって行かれると焦ったのでしょうな。北守南進にこだわり、南方への進出を主張してきまして、なかなか、妥協しません。

あれは二月十五日の部長会議で、このままでは埒《らち》があかぬので、私は杉山次長に、いくら事務当局間で折衝しても容易に一致点を見出せないので、今後は両次長間で折衝をお願いしたいと要請しました。杉山次長はその気になられて、嶋田軍令部次長との交渉手続き中に、二・二六事件で、一時中断したままになります。私は急がねばならぬ国防国策の陸海協議のさなかに、あんな事件が起きて、無性に腹が立ちました。こともあろうに天皇の重臣を暗殺するとは何ごとだ！　と」

「結局、次長会議はお流れですか」

「三月、四月と流れ、二・二六事件の処理で忙殺されます。杉山次長も三月二十三日付でおやめになり、西尾寿造中将に代わり、振り出しに戻ります。ようやく四月二十四日でしたか、両次長の意見交換で始まりましたが、海軍側は仮想敵国をめぐって、相当抵抗しました。その経緯はご本人から聞いて下さい」

緒方は、ちょっと間を置き、

「――と、いうことですが、仮想敵国では、陸軍はソ連が先で、あとにアメリカの順でしたが、海軍は米・露でしたね。なぜですか」

「そうですな。順序を露・米にすることは、明らかに『陸主海従』を求めることになると、下の者から突き上げられましてな。それで、西尾次長には、米・露の順を申し上げた上、主従はない、ということを申し合わせてはどうかと。陸軍は、帝国国防の目標としては軽重の関係はないと言われ、文章にしないで記録に止める、としてはどうかと言われた。海軍案はあくまで、米・露で、好機をとらえて、ニューギニア、オーストラリア、ニュージーランドに資源を求める、という意見もありました。

その後、陸海相の間で議論され、五月一日に外相を入れた三相の会議の場で、寺内陸相は、先ず露を先に始末して、力を一つにしてはどうか、と言われる。永野海相は、境を接している露が危険で、離れている米はそうではない、ということはない。遠く離れている者が銃を持っていれば、いずれが危険かとなると、論争がつかないので、この点は両軍の統帥部にまかせてはどうか、となった」

「元帥会議は五月十三日でしたが、天皇は、国防方針と財政問題、海軍兵力の整備を質問された。伏見宮軍令部総長は、頓当りの廉い主力艦、航空母艦を増やす、国防方針に近いものであれば、勝因は充分にある、と答えられていた。嶋田さん、結局海軍は、予算どりが先で、それも米・英を敵国にした戦争準備でしたね」

「まあ、総長は、全海軍費として相当に増やし、八億円あるいはそれ以上になる、とお答えしておられます」

「つまり、この時点で、海軍は大艦巨砲主義をとられていますね。敵国は米・英ですか」

「結局、海軍は主力艦十二隻、母艦十隻、巡洋艦二十八隻、水雷戦隊六隊、潜水戦隊若干、潜水艦十一隻と改定されます。対米作戦要領は、ルソン島及びその付近の要地を攻略し、陸軍がこれに協力する。またグアム島を占領する、対支作戦は上海付近を占領、対英作戦では根拠地を覆滅し、敵艦隊の主力を撃滅する、との国防方針です」

「石原さん、対ソ先決は海軍に押し切られ、くやしかったでしょうな」

「全く、そのとおりです。海軍は分からず屋ばかりです。国力もないのに、米英を相手にするとは、アホばかりです。だから、太平洋戦に負けたのですよ。金をつくろうとはせず、使うことしか能のない人たちですな。伏見宮参謀総長に知恵をつけた軍令部員たちは、全員腹を切るべきでした。国民に申し訳ない、と思う気持ちがあったかどうか。日露戦で戦った明治の人たちに、申し訳ないと思います。満州にいる陸軍兵まで太平洋に沈め、餓死させたんですからね。

戦後、福留が国防国策の件で謝ってきたけど、よくもまあ、ノホホンと生きていたものですな」

室内は急に、気まずい空気になった。

緒方は、愛用のキセルに葉煙草をつめ、一服した。吸い終ると、

「太平洋戦は終わりの方に回わすとして、ここから、蘆溝橋事件前後に入りたいと思います。ひとまず、小休憩とします」

第六章
林銑十郎の寝返り

＊宇垣内閣流産と林組閣のナゾ

月明りが、斜めから射し込み、木製のガラス窓の格子の影がテーブルの上に落ちている。海軍大将三人は月の影になった。

「昭和十一年三月から翌年三月まで、板垣さんは関東軍参謀副長でした。満州との係わりは昭和四年五月から十二年三月までですから、足かけ八年で、誰よりも満州を知る人です。その間満州はどのように変わりますか」

緒方は、石原の向う隣りに座っている板垣をのぞいた。板垣は、心もち顔を上げ、どこから話したらいいものかと、思いをめぐらせた。

「満州事変後、一番喜んだのは三千万人の満州人でしょう。事件もなく、ようやく平和な生活が取り戻され、男たちは汗水流して働く。正直言って、彼らは子供の教育のために働きます。

私は満州国の青年たちを軍隊に入れて、日本式の軍隊教育をやりました。満州人や朝鮮人、蒙古人も入隊しました。日本の陸軍士官学校を見本に、教育、指導しますと、彼らは喜ぶんですな。私が生涯の中で一番いい思い出は、満州国軍を教育していた頃でした。副長になる頃は、熱河省の国境周辺で支那軍のゲリラが活発になりますが、満州人たちはいたって平和な生活でした。

何よりも満州協和会の人たちが中心になって、各地で村民の声を聞き、国務院で取り上げてくれるから、将来の展望が開けていたと思いますよ。子供を日本の学校にやりたいという家庭もありましたので、士官学校へ何人か入学され、帰国して満州国軍の指導官になった者もいました。

ただ役人の中には、内地からの日系人と満州人の給与が余りにも違うので、不満がありましたな。外務省の役人と同じ扱いですから満州人の三倍の給与になりました。外地出張勤務手当てが二倍になりますから、どうしても格差が出ます。石原君は何度も手紙で、日本人も満州人も同額にしろ、百歩譲っても、外地手当てを半分にしろと強い意見ですが、いつの間にか日系役人が全体の三分の二までふくれ上がり、収入格差が広がったのは事実です。

しかしよく仕事をしました。石原君の日満重要産業五ヵ年計画では、皆ヤル気満々で、議論沸騰です。土地を持っている満州人が一番儲けたでしょう。内地から新聞社、銀行、出版人が続々と渡満して現地法人を立ち上げましたからね。ま、一番おもしろくなかったのは、海軍さんの仮想敵国アメリカでしょう。蒋介石に金と飛行機、軍人を送り込んで戦さをタキつける理由が分ります」

「板垣さん、満州協和会の存在が、今ひとつ分らないのですが。政策に反映するのですか」

「つくったのは石原君だから、彼の方から、発足の経緯、目的を話されるといいかと。私は石原君が敷いたレールの上を走っただけでして、彼の言うままに指導して経営しましたよ」と板垣は石原を促した。

「ま、満州のことは、あと回しにしていかがですか。長時間を要しますし。それよりも、私が一番残念に思い、かつまた日本の進路を誤る結果となったのは、昭和十二年二月、林内閣が組閣された時、一度決っていた板垣さんの陸相就任が、ある人の横ヤリでダメになったことです。

　私がなぜ板垣さんを売り込んだかと言いますと、先ほどの満州協和会による満州人の声が行政に反映され、うまく行った実績を、北支でやってもらいたかったからです。人事も板垣陸相の構想で、北支の総軍長に宇垣さんを起用することを決めていたんです。宇垣さんは支那人の間で人気があり、蒋介石も買っております。宇垣さんなら宋哲元は協力するだろうと、確信がありました。また満州協和会も北京で同じような支那協和会を立ち上げ、華北の五省に日支両国民がひとつになった協和会を組織化する準備も進んでいました。小沢開作ら満州で協和会をつくった男たちが先に北京と天津に入っていたんです。私は、あの横ヤリだけは許せません。日本の悲劇の始まりと言ってよいでしょう」

「石原さん、横ヤリを入れたのは誰ですか。なぜ林首相は、押し切らなかったのですか。立派なヒゲをたくわえていたではないですか」

　米内が、皮肉ぽく笑った。

「うむ。この三人の陸軍関係者で、当時タッチしていたのは私ひとりになりますが」

「石原さん。あなたが林内閣をつくったんだから、はっきり言い残した方がよかですよ。誰が横ヤリを入れたか。もっとも順序から言いますと、宇垣さんの組閣がなぜ流産したか、そこから入るべきですかな」緒方は杉山に促した。

「そこのところは私から述べます。当時私は教育総監でしたから具体的なやりとりは分りませんが、広田首相は一月二十三日の午後一時の閣議で総辞職を言った。寺内陸相は解散主義者で意見が対立したが、永野海相にも総辞職をとりつけ、寺内陸相も応じる。その後宇垣さんに大命が降り組閣に入るが、現役三長官の同意がなければ陸相を出さないわけで、寺内さんとしてはおもしろくないですな。

組閣を終えた宇垣さんは二十五日午後四時頃でしたか、陸相官邸に寺内陸相を訪ね、大命降下の挨拶に見えられた。

その席で寺内陸相は、閣下の組閣を阻止する訳ではないが、陸軍の閣下に対する考えは政策等に関する反対からではない。軍粛の見地から閣下個人に反対しあるをもって、更に考慮せられたい、と意見を述べられたそうです。

その日の午後四時すぎに、閑院宮参謀総長と私と寺内陸相の三長官会議で、陸軍の態度を確認した訳です。そして翌朝、宇垣陸相時に次官をしていた関係で、私が個人の資格ということで宇垣さんの組閣本部を訪ねて、三長官の意見と、軍部の様子を伝えたんですな。正直に言って、大命を辞退された方がよろしい旨を、お願いしたわけです」

「松井さんは宇垣さんへの大命降下をどう思われますか」

緒方は、この中で先輩の松井に尋ねた。

松井は、暫く考えたすえ、

「私個人としては、宇垣さんが組閣していたら、日支の関係は好転し、その後、支那との関係はうまく行き、蘆溝橋事件も北支事変も起きなかったろうと思うね。残念なことをしたな。やらしてみる必要があったね。寺内君は、個人的に恨んでいたけど。四個師団の廃師や三月事件の首謀者だったとかで。でも、今度は陸相ではなくて首相だからね。陸相を兼務しない条件で、やらせるべきだった。本当に残念だった。

杉山君、寺内君はかなり逆上しただろうな。君を使いに出すなんぞ、ちと問題だね。ま最後の長州人だから、焦る気持ちも分るがね」

「松井さん、それは違います。あくまでも私個人の資格で、事前にお伝えしたんです」

「その君が、寺内君のあとで陸相になったのは、どういうことだろうね。他に適任者はいなかったのかな。そうそう、林君から板垣君の陸相の話が決っていたと聞いたな」

「そこからは、石原さんが、事情通じゃないですか？」

緒方はそう言って、腕を組んだ。

彼にも、思いつくことがあった。朝日新聞社内では、宇垣流産を残念がり、酒びたりした政治部記者がいたからである。

彼も、寺内の怨念と焦りを感じとっていた。陸軍の長州閥が寺内で終るからである。寺内としては、陸軍内に影響力を持ち続けたかったであろう。

その点、杉山は宇垣の女房役をしていたので、寺内ほど宇垣組閣にはこだわらなかった。三長官会議でも、閑院宮は発言しない人だったから、一方的に寺内陸相が、切り回したのであろうと想像した。

「つまりは、宇垣阻止は、同時に長州閥陸軍の終焉でもあったか――」

＊板垣陸相案をつぶした寺内の腹のなか

「あとで聞くところに依れば、寺内陸相は三長官会議で、次期陸相打診を、杉山、中村孝太郎、香月清司の順でやったそうだが、三人とも辞退したそうだね」

長老の松井が、左隣りの杉山に、確認するように言った。

中村孝太郎は、石川県生れで、陸大二十一期である。大正七年、スウェーデンの駐在武官時代が長く、参謀本部高級課員になってから省部勤めが続いた。昭和九年に第八師団長をやり、翌年教育総監本部長、十一年二月に教育総監代理を務め、常に一年ごとの転勤男で陸軍官僚の典型的な人物である。

物ごとを無難にこなし、温厚・謹厳な人格者で、重宝がられた。のちに昭和十三年六月に大将となり、軍事参議官になる。

香月清司は佐賀の生れで、当時近衛師団長だった。のちに病弱の田代中将に代わって支那駐屯軍司令官になり、北支事件に奮闘する。十二年九月一日付で北支方面軍の第一軍司令官となり、十三年七月二十九日付で定年を迎え予備になる。

杉山は、松井を直視した。

「おっしゃるとおりです。しかし私は宇垣陸相の時の次官でしたので、適当ではない、と辞退しました。中村、香月中将へは、寺内陸相から候補者名として上がりまして、いずれも職責を果し得ない、ということで三人は推挙できません、と寺内陸相からお伝えしたと聞いております」

「宇垣さんは寺内君の策にはまったな。現に林内閣が組閣に入った時、板垣君を引きずり下ろして中村君を推挙したではないか。中村君は親戚者に肺結核者がいて、彼自身も疑われていたはずだよ。あのヒョロっとした顔を見ればひと目で分る。保菌者となると困る。陸相は参内し、天皇に上奏する機会が多い。もしも天皇に結核菌を移したら大変なことになる。それを承知で、寺内君は中村君をゴリ押ししていた、と聞いたが。宇垣組閣ではダメで、林内閣では良い、ということは、これは寺内君の個人的な憎悪としか言えないな。大変なことをしてくれたね」

「中村中将の保菌説は、あとで判明したと聞いております。大臣になって間もなく、寺内陸相に相談されたとか。彼の方から事情を林首相に伝え、それじゃいかん、ということで、自ら辞退されたと」

「林組閣で一旦引き受けた、ということは、宇垣さんには、どう説明したんだろうな。寺内君は、父親の正毅閣下とは大違いでね。ボンボンと言われる所以だな。国を誤ったね。杉山君は、その間の事情を知っていたんじゃなかったのかね」

「いいえ。むしろ石原君の方でしょう。林大将を担ぎ出しておられたから。林大将が宇垣大将か、と色々な名前が出ましたが、天皇側の方は、大物大将で、下克上ムードを押さえつけようと考えた様子でした。どうなんだね、石原君」

「宇垣大将への大命閣下のいきさつは、一月二十三日の、永野海相の両政党首訪問後、その足で寺内陸相を訪問したのが、そもそものきっかけでした。私もその情報を知り、これじゃ寺内陸相の面子はない、と心配しました。

そういう状況下で議会解散、総選挙を主張する寺内陸相は、解散しなければ単独で陸相を辞任する、あの浜田国松議員は許せん、とすごい剣幕でした。陸相も軍粛した、政治家もやれ、庶政一新だ、と主張する寺内陸相へ、というよりも、政党は反軍感情がうっ積していて、うっ憤を晴らさんとしていた。そこに言った、言わなかったとの足とりになりました」

「腹切り問答だね」

「そうです。言った言わなかったのすえの、問答です。浜田議員に乗せられて、広田内閣は結局総辞職です。そんな政府に、国民は何を期待すると思われますか。そんな政治家は全員、出直した方がよろしいですよ。妾を囲って、ただ言うだけで、この国の経済を発展させようとしない報匪ですな。議員は政府の方針にケチをつけるだけではいけない。そんな議員は不要です。議員制でなく、政策集団をつくり、国家の進む道を捜し求めるようでなくてはいけない。寺内大将は、まんまと乗せられて、内閣改造もできず、広田さんは放り出してしまった」

「海軍としては、特別な協議はしておりません。軍令部も、状況は見ていましたが、あれは永野さん個人の思いつきで、両政党首と会って丸くおさめ、審議に入ろうではないか、と了承をとりつけ、その足で陸相官邸に出かけ、なんとかその場を静めようという考えだったと聞いております。私ども軍令部は、ただじっと見守っておりました。むしろ陸軍の方が見切り発車ではなかったですか。林銑十郎大将を担ぎ出して、重要産業五ヵ年計画実施を新年度からスタートという段階でしたから。ですよね、石原さん」

「おっしゃるとおりです。日本はこれから十年、いかなる国とも戦わず、国力をつけて、対ソ連戦、最終戦はアメリカと私自身考えていましたから、宮崎機関にお願いして調査、分析、可能性、着手方法等を、満州国の星野が指揮をとってスタートしたばかりでしたから、政治家にゴタゴタされてはいけないんです。あの者たちに期待するものはない。と思っていたのは私や杉山さん、板垣さんも同じだったと思います。

　私は口が悪いからズケズケ言いますが、杉山さんや板垣さんは賢いから、口に出しませんけど」

　その時、二人は、じろっと石原を振り向いた。しかし二人とも、石原と口論となったら負けるのを知っているので、冷笑にとどめた。

「結局、永野海相、寺内陸相に会う、との情報を得た軍務局長の磯谷中将が海軍省を訪ね、陸海軍は疎隔なきよう、と要望し、ことなきを得て、永野さんの陸相訪問は中止されたわけです。

　私ども参謀本部は、グラつく政治家は要らん、という考えでノータッチでした。むしろ軍務局の石本寅三軍務課長あたりが中心となって、広田内閣崩壊後の政策と対策の研究に入っていたはずですよ。私は満州班長の片倉君から聞いておりましたが、あれは二十三日の午後二時頃でしたか、軍務課長室に、町尻軍事課長、新聞班の三国直福中佐、軍事課の岡本清福中佐、政策班長の佐藤賢了少佐、満州班長の片倉衷少佐ら高級課員たちが集り、次期政権に対する、陸軍としての要望すべき政策、組閣対策を協議します。

その中で、軍粛、庶政一新の見地から、宇垣さん、南さん、大角さん、山本さん、勝田さん、荒木さん等の総理出現は好ましくないとの見界で一致します。

また党籍をそのままにして閣僚入りする者がいるので、党籍を離れないまま政党員の閣僚となるのを忌避することを申し合わせたそうです」

「石原さん、そこで林銑十郎組閣の話が出てきましたが、そもそもの着想は誰だったんですか。石原さんじゃなかったんですか？」

緒方が訊いた。

「いえ、違います」

と石原は横にいる緒方を向いた。

「あなたのところの新聞記者がよくご存知のはずですよ。杉浦君が」

「じゃ、浅原建三議員の説は、本当でしたか。うちの社に時々遊びに来とりましたけど」

「その浅原さんです。満州重要産業開発の実現のため、彼は新京に行って三ヵ月間、要人たちと会い、満州に鉄鉱業、自動車産業、兵器、飛行機製作所、ゴム工場、銅とマンガン鉱石の掘削、石炭の液化ガス、液化燃料開発の可能性を調査して参りました。撫順の石炭から人造石油が出来ることも分りました。政治家の中で、命を懸けて行動したのは浅原さんだけでしたね。

他の議員たちは、酒を喰らい、女を傍に置き、妾を囲い、財閥から小遣いをせびり、私権をつかみ、そして議会では目立つように時間をかけて暴言して浪費する。

軍事予算を提案すると、最初は猛然と反対するのに、次の日は沈黙している。右手で反対といいながら、左手を財閥に伸ばしているようなものです。

国内の軍需産業の九九％が三井、三菱、住友、安田の財閥企業ですから、たっぷりとゼニが入るわけです。私が十一年春から、満州には財閥系企業は一社たりとも入れない、と決めたのは、満州を喰いものにするからです。満州の資源は満州人に返さねばならんのです。英国人のように、吸いとるだけで吸いとって本国の銀行に貯えるようなやり方では、満州の重工業は育ちませんし、軍需産業は活性化しません。満州はようやくスタートしたばかりでしたから、この日満経済五ヵ年計画を予算化して実現できる人物は誰か、と言えば林銑十郎大将しかいなかった、というわけです。

浅原さんが林銑十郎を口説き落とし、内大臣に引き合わせたわけです。その時私は条件をつけました。それは、支那と仲良くやるため格好の人が陸相になるべきだと、板垣中将を口説き、林さんに約束させたのです。片倉君と浅原さんが組閣本部を立ち上げ、十河信三さんを参謀長にして組閣に入ります。

浅原・片倉の両人は、十河さんを書記官長にすることを林銑十郎の家で決め、四谷の横山一俊氏の別邸を組閣本部とし、林、十河はここに入ります。

一月三十日の正午でしたか。横山邸に林大将、河田烈、大橋八郎、十河信三が集り、協議に入ります。

林内閣は財政、経済、金融、産業、国防に重点を置き、大蔵大臣に池田成彬、商工大臣に津田信吾をして交渉する。陸相に板垣中将、海軍大臣は末松大将を予定することを、林大将が開示したのです。

翌朝、林大将は寺内陸相を陸相官邸に訪問、大命降下の挨拶を述べ、陸相に板垣中将を推挙せられんことを要請したわけです。ところが、寺内陸相はその場で、中村中将を推された。帰ってきた林大将からそのことを聞かされた十河信三さんは寺内陸相を訪問して、板垣中将の推挙を懇望される。だが寺内陸相は譲らず、三長官会議にかけるでもない。これじゃ宇垣流産と同じことになるか、と心配されて困りはてた」

「石原さん、それは本当のことですか。あなたは誰に聞いたのですか」

「本当の経過です。私は片倉君や十河さんから聞き取りました」

松井はその時、杉山の横顔に向って、

「三長官会議は、なかったのかあ――」

と言って、吸いかけた煙草をアルミの灰皿に置いた。

「ありませんでした。石原君が、おっしゃるとおりです」

杉山は小さく頷きながら言った。

「驚いたね。自からつくったルールを守らないとは。勿論事前のことだろうがね。これじゃ陸相は寺内が決めているようなものだな」

「そういうことです」

と、石原が続けた。

「石原さん、それで、林さんや十河さんはどうなさいましたか」

緒方が言った。

「そのあとすぐに、第二案を作ります。第一案は杉山大臣、板垣次官、第二案は中村大臣、板垣次官です。これをもってその日の夕方、閑院宮邸に行き、殿下に伺候し、希望を述べて帰えります。

杉山さんの大臣候補は、実は寺内大将からではなく、林組閣参謀会議で決められたものです。ところがその夜、林大将は何があったのか、急に十河信三参謀長を斥けられ、かわりに大橋八郎をすえた。大橋がその後寺内陸相に会ったんでしょう。中村中将になったというわけです」

「林大将が急に参謀長をクビにした原因は何だったのですか」

緒方が尋ねた。

「あとで分ったことですが、梅津次官からの横ヤリでした。磯谷軍務局長と浅原健三を結ぶ縁を危険視して、十河さんを遠ざけろ、ということです。この時から、片倉君も宮崎さん、浅原さん、磯谷さんも、私も、林大将とは袂を分ったのでした。

これから日満経済五ヵ年計画に入ろうとするのに、林大将は頭初の構想を崩し、梅津次官と寺内大将の言いなりになる。全く先の読めない無識者です。支那大陸で共存共栄し東亜の繁栄のため立ち上がろうとしている矢先に、板垣さんの次官起用も潰し、林・大橋の二人で組閣して行ったんですね。私はこれは長くないと思いました。

なんと次官には梅津中将が残り、次の人事では林組閣に係った者三人は、異動です。磯谷中将は第十師団長に、石本は騎兵二五聯隊長に、片倉は関東軍にとばされますな。

板垣さんは第五師団長にとばされ、関東軍参謀長の後任には関東軍憲兵司令の東條中将がなる。中央では町尻が侍従武官に、阿南が人事局長に異動させられ、陸軍は寺内大将の息のかかった中村陸相と梅津次官が実権をにぎるわけです。

ですから、林内閣は、この石原がつくったというのはまっ赤なウソだ。考え方も政策も違うということが、分ってもらえたでしょうか」

「俗に、満州一派という言葉が走り回りましたからね。満州は生命線といいながら、内閣は、全く逆の方を向いて行ったわけですな」

「うむ。寺内君か。何を焦ったのかな。しかし一週間もせず、中村が辞任して、杉山君が陸相になった。寺内君としてはおもしろくなかっただろうな」と松井は腕を組んだ。

「宇垣流産に始まり、林組閣は、陸軍の意向とは外れた道を歩き出したわけで、これは陸軍がつくった林内閣とは言えませんな。頭初は満州開発内閣だったわけでしょう。それが原因で、浜田議員と寺内陸相の腹切り問答となり、広田内閣総辞職に発展した。なんとも悲しい政治ですな」

緒方は、珍しく、天井を見上げて、瞬きした。

＊石原の陸相入閣条件三項目

「石原さん、あなたは宇垣さん、林さんの大命拝受に反対してましたが、なぜですか。林組閣ではサジェストしていましたね」

緒方は、ふに落ちない表情をした。

「どちにも反対でした。先ず宇垣大将については、宇垣大将は二・二六事件の被告からと三月事件の元凶として告訴されているし、調査結果も証拠が出ていたことです。それを本人が、知らぬでは通せません。

第二点は財閥。政治家と余りにも癒着していることです。宇垣大命の話は財閥の中から出ていたこと、これはマイナス要因です。

第三点は、二・二六事件後、陸軍は充分すぎる程、粛清しました。そこに四個師団を廃止した過去のいきさつもある。今は日満産業五カ年計画に入り、軍需産業を育成して備えねばならない時に、問題を抱えた宇垣大将では、軍内部の統率がとれません。

宇垣大将については、大命拝受前に引き留める予定であったが、実行されませんでした。

林大将については、陸軍内部で皆不適当で絶対に避けねばならない、と決定しておりました。むしろ海軍か文官の方がよい、と申し上げておいたのです。只ひとつだけ譲れないのは、陸相は板垣中将ということです。私はこの線が崩れたら、軍人をやめてもよいと考えましたよ。

私は参謀本部二課員たち及び陸軍の石本課長らと話して『陸相の入閣条件』を一月二十二日

付で決定し、総長の決裁を受けました。それが、次の三条件でした。私が手書きしましたから、今でもはっきりと覚えております。

◇内閣更迭の場合陸軍大臣の入閣条件として要求すべき事項。

一、東亜の保護指導者たるに必要なる兵備及びこれに関する諸施設を速やかに充実する。

二、航空機工業は遅くも五年以内に於て、世界の水準を突破せしむ。

三、戦争遂行の基礎を確立する為、概して昭和十六年迄に日満を範囲とする自給自足経済を完成す。特に其のなるべく多くを満鮮に於て生産するを要す。

苟も、大臣の入閣条件たるものは、若しこれを実行し得ざる場合に於ては、大臣が職を賭する程度の最重要なるものならざるべからず。右主旨に基き、軍は此際軍本然の任務上絶対必要とする最重要件のみを簡明に要求するに止むるを要す。

——という要求事項です。そこで、私ははっきりと、反宇垣で邁集することを決定しました。中島憲兵司令官が陸軍省の要請を受けて六郷橋で宇垣さんの車に乗り込み、軍の意向を伝え、首班受諾を下りてもらうように伝えたんでしたが、それを振り切られて一月二十五日の午前一時三十分頃参内され、大命を拝受され、すぐに組閣に入られた次第です」

長く説明していた石原はひと息ついた。

間もなく、当時軍令部次長だった嶋田が、ふと、

「あれは二十八日でしたかな、梅津次官が山本次官を訪ねて、陸軍の立場を述べられたと聞いています。それは、宇垣大将が組閣すると、陸軍の派閥的観念をむし返すことになるので困る

と。

　それから、陸軍大臣としては杉山元大将あたりであろう。板垣中将は一部若者の希望しているところであるが、これでは上級者が収まらない。

　それから、首相は梅津でも文官でもよい。ここ一、二年粛軍が真に完成するまでは、色のついた陸軍の人では困る、とも述べられたと聞いてますが、どうなんですか、石原さんとしては」

「梅津さんが言う所の、一部若者というのは私や石本、町尻、片倉君あたりのことでしょうか。梅津さんは何応欽との協定の件があり、支那のこと、満州のことには消極的でしたからね。世界が見えぬ人でした。

　それに板垣さんの陸相云々は、板垣さんが中将になられたのは前年の四月で、一番若い中将が陸相になられては面子がない、ということでしたね。一番困るのは梅津さんや東條さん、土肥原さんら先輩たちでしょうからね。次官をやったこともない板垣さんが陸相になられては困るでしょうから。といって海軍は首相候補者を出してくれなかった。広田首相もだらしがない。内閣改造をやればよかった」

「しかし石原さん、あなたは林内閣に係ったではないですか。なぜですか」

「それは板垣陸相を条件付でした。浅原さんが林大将のところに行き、産業五カ年計画、重要産業の満州移駐、軍需産業の満州での操業、兵器工場、飛行機製造、自動車製造の満州移駐など、軍と政府が一緒になって取組んでいる計画を説明し、支那と親日関係を強化するため板垣さんを陸相にすることを条件に口説いたんです。

先ほども言いましたように、梅津次官と私は反宇垣では協調していましたが、林組閣となると、梅津次官は急変しました。今何が優先か、というのが、あの方には分っていなかったんですな」

「ついでにお伺いしますが、あれは十二年の一月下旬、ちょうど国会が腹切り問答をやっている頃、石原さんの参謀本部二課は、軍令部の福留君と協議したさい、航空工業の分野で、内地生産は海軍にやる、と言ったのは本当ですか。福留一課長の幻想かどうか、一度あなたに確かめたかったもんで」嶋田が言った。

「それは本当です。幻想じゃありません。これからは航空機の時代で一致しておりました。そこで航空工業力は、陸海軍で分野を定め、各自で培養する方向で同意します。陸軍としては、満州の航空機製造会社を大きく育て、朝鮮にも製造会社を作り、ドイツの技術を取り入れる方向でした。満州と朝鮮で製造が出来るようになれば、内地の会社は海軍に委してもよいと。ところが陸軍航空本部は、なかなかこの提案を受け入れてくれないので困ったものです。

勿論、技術、熟練工不足から一気にはできませんが、二、三年内には強化される自信がありました。そのためにも、十年不戦、国力強化が絶対条件、欠かせなかったのです」

「そうでしたか。それだったら、山本長官が十六年九月の長官会議で、海軍二万機なければ米英とは戦えん、と言った意味が分りました」

「そういう梅津は、私どもが作った国防国策をぶちこわし、従来の国防方針の一部修正に終わらせた。陸軍が仮想敵国は一つにしろ、それはアメリカでなくソ連だけ、と主張したのに、どたん場で、仮想敵国は米、次いでソ連と言った。その後でオランダ、英国まで加えた。

私は軍令部と参謀本部との合同会議の席上で、敵国はひとつに絞れと言いましたね。嶋田さんもその場におられたが、対米ソの順を主張したかと思ったら、そのあとで英国、オランダを加えた。私は言ったはずです。小国日本が世界の四ヵ国を相手にどうやって戦うというのか。戦力もクソもなくて、世界を相手に勝ちめはないと。天皇に対し、海軍は、やってみなければ分らない、とボカした。天皇は知っていたんですよ、負けるということが。戦争しない方法をとれと言っていたんです。世界の四ヵ国を仮想敵国とした国防方針策になり、このざまだ。日本は四カ国どころか中国、フランスをも相手にしなければならなくなったではないですか」

「福留君は、海軍の国防策は失敗だった、陸軍の国防国策をとるべきだった。と反省しておりました。世界の戦さはチーム戦になりますが、参謀本部案でやるべきだった、と私も反省しています。これは負けたからではありませんよ」

「陸軍もね、昭和十二年一月三十一日の組閣で梅津・寺内さんによって板垣陸相案が潰されたことが、最初の悲劇でした。板垣さんの構想を聞いていたはずの林大将の寝返りが全てでしたね。ダテヒゲはやして、気の弱い人でした」

「板垣さん、どういう構想をお持ちだったのですか？」

緒方が、眼を閉じて、じっと聴き耳を立てている板垣に尋ねた。板垣は先ず松井を見、それから、一つ咳込んだ。

「先に、満州協和会の青年たちが北京と天津に入っていて、民意による北支政府構想を嫌っていたんです。満州国成立をヒントに華北五省の代表者が集って、支那人による政府を。主に経済活動を広げ、察哈爾から山東、河北、山西省など、東亜連盟と協和会の会員たちが中心になって、文官政府を考えておりました。

軍は支那軍と日本軍が治安を担当するものでした。勿論、南京政府と協調しながら実現方向で、根回しは進んでいたんです。しかし外交は手のうちを明せませんでね。秘かに良策を練り、準備していたんです。さすればこれまでの協定は全て破棄できる。しかし、残念ながら、梅津・寺内さんに潰されました」

「そうでしたか。無念ですな。上級者の面子をとって失敗したわけだ」

緒方は腕を組み、ふっと溜息を吐き続けた。

「その林内閣は二月二日にスタートしたが、第七十議会で重要法案を通過させた会期末の三月三十一日に、突然衆議院を解散させ、私は思わず、これは喰い逃げだ、と怒鳴ったもんです。その間、中村陸相が病気を理由に辞められ、教育総監の杉山さんに変わります。杉山さん、この解散に猛反対されましたね」

杉山は、不服そうに、口を突き出し、

「そうです。私も皆も、まだ何もしていない。大臣としての仕事をしてないのに、国民になんと言えばいいんですか。あの人は何を考えているのか理解に苦しみました。石原君も組閣で約束したことを突然寝がえりを喰って決別したそうだが、私も解散の名分がない、と噛みつきましたよ。一番怒ったのは河原田稼吉内相でしたな。なんだ、オレはピエロじゃないぞ、と喰ってかかり、席を退ちましたからね。塩野法相も、静かな口調でね、『あなたは政治家にあらず』としまいには尻をまくって出られた。だから総選挙で敗れた時、私は林大将に総辞職を勧告しました。予算が通ればそれで良いと思っては、国会の存在がないですから」

「林内閣は実質三ヵ月余の短命に終りました。風船内閣だと言ったものです」と緒方。

「信念を持たない軍人は困る。軍人が総理になっては、国を誤るの例でしたな。実に悲しい内閣でした。いつか五十年後に、同じことを操り返す奴らが出てくるかも知れませんな」

松井は煙草をくわえた。

第七章
蘆溝橋事件の真犯人

＊石原「軍部は国家の触覚である」

「話を進めて、蘆溝橋事件に入ります」

緒方は、組んでいた腕を解き、窓の外を見た。月明りが伸び、左手の壁まで届いている。

「で――」

と言ったあと、緒方は一枚の写真を取り出して、杉山の前に出した。それは蘆溝橋が架かった永定河の航空写真である。橋の左端に監視塔があり、そこから一本の道路を囲んで石とコンクリートの兵舎が箱形にいくつも並び城壁を築いている。

蘆溝橋は十二世紀に建造され、イタリアの旅行者マルコポーロに依ってヨーロッパに「世界に比類のない橋」として紹介された。南京や漢口から北京に通じる、欄干に四八五の獅子の像が刻まれた芸術性の高い石橋である。

昭和十二年七月七日。この橋をめぐって、一発の実弾が発射され、事件が起きた。後日真犯人は中国共産党系の仕業《しわざ》とも、また国民党左派の馮執鵬とも言われた。馮は中国人の知人に「日華両軍の衝突を企図し、日本軍に対して発砲したり、青年を指揮して戦線の各所で爆竹を鳴らしたりした」と告白していた。

「この橋の近くで事件が起きるのですが、当時、日本軍はどう配置されていたんですか」

緒方は石原に尋ねた。

月明りが、石原の左頬を浮き出している。

「天津の駐屯軍は田代皖一郎司令官の下に、北京に河辺正三少将の旅団が駐留していました。司令部は北京にあり、ここには歩兵二個大隊が駐留して支那側と共同で治安に当たっております。この旅団は歩兵第一、第二連隊、砲兵一個聯隊、騎兵、工兵、通信兵で合計六千名が駐留しております。第一艦隊は旧英国兵営所跡に第二、第三大隊が駐屯、通州方面には第一、第二大隊が駐屯。天津の司令部には歩兵一聯隊、野砲一聯隊で治安に当たっておりました。

天津はご存知の如く、五ヵ国が軍を駐留させており、現地では、それ相当の駆け引きもあったようです。さぐり合いです。

鉄道は揚子江の浦口から、徐州、天津経由北京への津浦線、漢口からの京漢線、そして内蒙古から入る京綏線があり、唯一の輸送手段でした。京漢線、津浦線はいずれも豊台駅経由で北京城下に入り、当時の終点は冀東政府のある通州です。

陸路は鉄道に沿って北京から蘆溝橋を渡って保定、漢口へ続く道があります。永定河の右側、北京と蘆溝橋経由保定、漢口への道路と、天津・通州、天津・北京を結ぶ基幹道路があります。

一方の支那軍は、宋哲元将軍の二十九軍が北京と天津に約十万の兵で駐留。このうち、馮治安師長の三十七師が蘆溝橋付近から西苑一帯に、張自忠師長の三十八師は南苑に、劉汝明の一四三師は張家口に駐留。宋哲元将軍は河北・察哈爾省を統治する冀察政務委員長を兼任し、冀察政府の実力者でしたが、彼は馮玉祥の下にいた。どちらかといえば、ソ連・中国共産党とつながりを持つ軍長で、中国共産党の侵入を取締る立場でありながら、事実上は容認している。

しかし、ここにおられる板垣さんが陸相だったら、宇垣大将を北京に送り出して、馮玉祥との間に、民間人に依る河北政府構想が生れたかも知れません。むしろ私には自信がありました。板垣さんとも話し合っていたわけですから」

「石原さんは三月の異動で正式に第一部長になられ、作戦部内の人事と組織がえに手をつけられますが、同時に秩父宮様をお傍に置かれ、部付とされました。二課長に河辺正三の弟、虎四郎大佐を、作戦の三課長に満州から武藤章大佐を呼んで抜擢した。四課もつくられ、ひとつの大作戦室になられたが、目標としたのは何だったのか、動機を直接皆さんに聞かせてほしいのですが」

「よろしいですよ。先ず内外の日本という視点を足場にして、日本がとるべき道をしっかりと確立し、米英、仏独の動きには余り応じないこと。めざすは満州国の健全な経営と、取りかかったばかりの日満経済五ヵ年計画を着実に実行することにあったわけです。軍予算は林内閣でやりましたが、向う十年の軍備は自給自足でやらねばならん。借金でやってはいかんということです。

第一部長になった時、私は全員を集めて、私の方針を述べました。第一点は、執務の根本方針です。ここにおられる杉山さんが、初めて参謀本部に入った私に『忌憚なく何でもやってくれ』と申されましたので、次長に書類で提出しました。

今でもはっきり覚えています。根本には、国力をつけ、アジアの同盟を深め、アジアの共栄共存のリーダーになるという昭和維新の必然性を軍務が確認することにあった。軍務は積極的にその本務に邁進することに依り、維新の先駆者たらねばならない。そのためには先ず、兵備を充実させること。第二は軍隊教育を根本的に革新する。三点は満州の経営、政治指導は、昭和維新の先駆者たるを失わずにやる――ということです。そのことを、一年七ヵ月後にも、同じことを全員に述べました」

「今の話、杉山さん、覚えておりますか」

「はい。口頭と書類で。石原君は四十六歳で初めて省部に入られ、大変緊張していました。常識的には若いうちに一、二度参謀本部か陸軍省に籍を置くものですが、どういう事情か知りませんが、ずっと外でしたから、参謀本部に入られてからは苦労されました」

「四十六歳の新入りですか。やはり陸軍は長州閥が強かったんですかね。一説では徳富蘇峰の強引な推薦だったとか。林陸相は蘇峰には頭が上がりませんからね。満州事変をゴリ押ししたからですかな」

「私は聯隊長どまりがいいところだと思って、仙台で遊んでおりました。行くならまた満州で、軍事顧問になり、満州の青年たちを軍事教育しながら一緒に遊んで馬賊の頭領で終わろうと思ったものです。それが四十六歳の定年前の私が、怖い人が多い参謀本部入りするなど、江戸時代なら外様の家老が江戸の老中仲間に入るようなもので、そら怖しい限りでした。面識のある人は一人もいませんでしたから」

「石原君、孤軍奮闘ですな。第一部長になったときの方針の続きを」

松井が促した。

「そうでした。第二点は、的確なる統制を行うこと。そのためには、隊長が偉くなければいけない。と同時に、指揮に必要なる通信の完備が絶対の要素である。むしろ英・米の方が統制を加えている。日本は甘い。間違った米英の自由主義によって動いている。軍部は国家の触覚である。日本人は常に、非常時に備えなければならぬ。軍人、なかでも参謀本部作戦部員は、意識的に、新時代に即応して行かねばならない。

第三点は、陸軍の執務状態が官僚的であるから、昭和維新をやろうとするには、この執務ぶりは打倒せねばならない。守勢のときは大いに結構だが、上に立つ人はロボットではいけない。先ず部長・課長、班長が偉くなることである。根本的な方針は上で決めて、下がこれを実現するようでないといけない。勿論、下の意見は聞く。諸君らの献身的な具申が必要、ちょっと気がついたことはすぐに上司でも私にでも具申してもらいたい、合理的な意見は実現するように努力すると述べました。

第一部は、参謀本部の約九〇％の仕事をしている。新時代に欠くべからざるものは謙譲の美徳である。この心を失なわないように。

もう一つ。

各部署では夕方になると呼び出す上司がいるが、私は午後四時以後は、予告なしに君らを呼びつけることはしない。酒が呑めないから言うのではない。作戦部員に大事なことは判断を誤らないためにも、服務は少しでもゆとりを持ってほしいからだ。それには、常に全体を見ること。そのためにも、物事を考察する時間を設けること。研究することだ」

＊北支からの報告では「抗日一色なり」

「第四点は、作戦用兵上の方針です。

第二課は国防国策を策定する。戦争指導です。負ける戦さならやらぬこと。しかし戦争となったら、勝つのが根本問題である。勝つための研究を、平時から考えておくこと。その作戦用兵は第三課が核心である。これを外郭的、部分的にやるのが第二課及び四課の仕事である。

われわれの着想は絶対に勝利を得るための兵備を保持するにある。

第四課は防衛を担当するが、陸地要塞建設に活動の範囲を広げねばならない。国境築城に大きな犠牲を払ってきたが、国民的防空に飛躍するなど、備えねばならない。要するに昭和維新を実現させるためにも、日本は国防国家を作り上げねばならない。国防は政府がやることだが、広義と狭義の中間は、軍がやらねばならないこともありうる。

各課が互いに協力して、新編成の機能を画期的に発揮してもらいたい。班長以上は常に研究し、策を提案するよう、日頃から心がけてほしい。

と、こんなことを言ったのであります。しかも、先ほども言いましたが、『不戦十年』これを耐えて乗り切ろう、と訴えたのであります」

「石原さん、すでに支那では反日憎日感が、特に上海を中心に活発でした。あなたはどういう見界と対拠法を持っていたんですか」

「確かに反日憎日感情は、前年の西安事件以来、多発していました。蒋介石が軟禁状態で、中国共産党の言いなりでした。表向きは国共合作、共同戦線を張りました。国民党の将校の中には共産軍に洗脳され、左派というか、主戦派グループが幅をきかせていたようです。

しかし私は、蒋介石は決して共産主義者とは協調しないと信じていました。だから日本人は、自重しながら刺激せず、そっと日本の国力を充実させることが急務だと考えておりました。日満支三国の親和関係を強化し、東洋の平和を維持しつつ国防を充実させること。

在外軍隊は対ソ、対支ともに慎重、自制の態度を堅持し、ましてや国際紛争になるような行動を起してはならないので、万般の準備をとっていたのでした。

だが、内外の事情は、なぜか日本をそっとしてくれませんでした。それが北支で起きるわけです」

「三月から七月にかけて、北支では、共産党軍及び国民党軍左派の将校たちが、仕かけてきますね。その頃の北京では何が起きていたんですかね」

「前年、綏遠で関東軍が敗れたことが、支那軍左派の将校たちを主戦派にしてしまったということです。綏遠事件で支那軍が勝ち、たちまち主戦論に火がついてしまった。それが五月以降に出てくる。ソ連が北満の乾岔子《カンチャズ》で上陸しようとして関東軍と撃ち合いになりますが、時同じくして支那軍の方で抗日戦を展開し始める。

外交では、支那側は塘沽協定以前に戻してくれという。杉山さんが佐藤外相に、支那の背後には英米がおり、うっかり支那側の提言に乗ることは考えものだ、と述べられたが、民間レベルでも圧力をかけはじめた。

私は、これは背後にソ連共産党かコミンテルンがいて、満州・北京・上海で同時に日本へゆさぶりをかけているな、と推理した。日本の、それもわれわれの情報が洩れているような気がしてなりませんでした。まさか、ドイツ大使館勤務のゾルゲがスパイをやっていたとは全く知りませんでした。ドイツ人との交友は続いていましたからね。参謀本部や陸軍省とは目と鼻の先でしたんでね。ソ連にこちらの動きを流していたとは、不覚でした。現地の様子は陸軍省の柴山課長の視察報告と、前後して参謀本部が出した永津佐比重大佐の報告に詳しいです」

「杉山さん、柴山軍務課長の報告、永津大佐の報告は違ったものがあったんですか」

「そうですな。柴山君の視察報告では、日支の国交調整には、先ずやるべきことは、冀東政府を解消し、北支の明僚化を図るべきだ、ということでした。北京政府に一本化ですな。

ところが、板垣さんご存知のように、冀東政権は満州国を安定させるために、あの位置を離れる訳にはいかない。一番影響を受けるのは何応欽・梅津協定、土肥原・秦協定を守る冀東政権解消では、関東軍です。天津の駐屯軍など出先機関は、総じて解消論でしたが、関東軍が猛反対です。田中隆吉君や富永恭次君、それに東條君も反対でした。私も石原君も、冀東政権解消で意見が一致していましたが、武藤君は反対された。それと田中新一君も反対した。省内では田中君、参謀本部では武藤君でしたな。
柴山君は五月から、上海の武官、喜多少将の意見も聞いていて、やはり解消論です。現状で二つあるのは対立を生むだけと。通州と北京はわずか十キロでね。そこに二つの政権があるというのは、支那人にとっては不快であったはずです。永津大佐の報告は、石原君がご存知でしょうから」

「それでは、私から。参謀本部七課長の永津大佐の報告は六月八日で、蘆溝橋のひと月前です。同じく五月から視察に入り、六月八日に報告されます。永津大佐によると、排日風潮は相当に深刻で慢性化しつつあり、ことに大学生を中心とする排日運動には、反政府的赤色運動が強い。これを政府は取り締ろうとしていない。排日運動には英米官憲の暗躍がある。北支では、いついかなる事件が勃発するか、陰暗な気配が感じられた。

近い将来、万一北支で不慮の事態が突発するとすれば、青島あたりが一番心配。天津方面は表面上は平穏だが、共産党の秘密工作が都市の官衙、学校、工場に浸透している。何かの拍子で引火する下地が十分にある。

軍備充実の財源は英国に依存するものと見られ、梅津・何応欽協定をもって、日本の侵略主義の産物である、と見る向きが多い、問題の冀東政権の解消については重大な関心を持っている、と反対意見でした。

学生らの排日運動を煽っていたのは中国共産党の劉少奇だというのが戦後明らかになりますが、当時北京には、中国共産党が地下に潜っていて、永定河及び蘆溝橋周辺で夜になると爆竹を鳴らして、日支両軍の衝突を仕掛けております。

　また日本人の満州浪人たちの暗躍もありました。支那軍が駐留している城壁に実弾を撃ち込んだ気配もあった。

　六月中旬でしたか、日本は経済工作を始めようとしていた頃、北支から『七夕に北支で第二の柳条溝事件が起こるぞ』との噂が流れてきました。そこで私はすぐに誰かを出そう、と陸軍省と協議した結果、軍事課の岡本清福中佐を現地に派遣したわけです。支那駐屯軍内に、満州事変と似たことをやろう、という者がいるような気がしましたので、岡本中佐には、中央の方針を重ねて伝達すると共に、絶対に謀略行為をやらぬように。また紛争の種となる歩哨問題については合理的解決を図ること、支那駐屯軍と中央部との意思疎通を図ること、参謀の人事配置を適切にすること、を提示しました」

「石原さん、作戦本部としては何か手を打ったのですか」

「六月十八日は、軍事課の岡本中佐が日本を発つ日ですが、ちょうどその日、三課の公平少佐と井本大尉が中国視察を終えて天津に到着したばかりです。

　天津への直通電話は陸軍省にしかありませんので、参謀本部からは打電して、申し訳ないが二人で手分けして、視察を続けるようにしたわけです。二人は天津・張家口、包頭、大原、石家荘、済南、青島等を視察。井本大尉は六月下旬に帰国させ、公平少佐には上海付近から中支に回ってもらいました。

　井本大尉の報告によれば、中国の排日、抗日気運は沸騰点に達しようとしていて、軍隊官憲においても、下級者は特に態度が露骨である。

日本側の出先はどう見ているかといえば、日支互恵平等、平和共存の考えを持つ者は少数で、大勢は中国の増長に対して一撃を加えねば打開できんという意見だったですな。

各地の日本の居留民は、中国側の挑発に受け身で、対支敵愾心が激化している、との報告でした。

井本大尉も公平少佐も、支那側の官憲は二人の視察を妨害したり、また身の危険も感じた程だそうです。蘆溝橋では、支那兵に検束されそうになった程で、日支両軍は一触即発の状態にある、と報告しています」

＊現地での解決協定調印、参謀本部に届かず

蘆溝橋事件前夜の北京、天津、その他の様子を、報告どおりに説明したあとである。野村吉三郎がふと体を乗り出して尋ねた。

「なぜ、それ程までに、支那側は強気に出てきたんですかな」

石原は、ちらっと板垣の顔をのぞいた。この原因は、関東軍にあったからである。

「当時、私は作戦課長で、関東軍参謀長は板垣中将でありました。ご存知の、綏遠事件で関東軍が敗れ、撤退したことにあります。ですから、この件は、板垣さんが適任かと」

板垣は、暫く黙して語らない。首をぐるりと回わした。

「綏遠は蒙古領内でしたね」

と緒方が板垣に水を向けた。

すると呼応するように、板垣が話しはじめた。

「内蒙古工作、親日家の徳王の内蒙古軍政府に始まります。昭和十年の末に、徳王は百霊廟から西蘇尼特に移り、十一年三月十日、ここで徳王、蒙古軍第一軍の李守信司令、そして卓特巴札普の三者会談で合意して、内蒙古軍政府を作ります
関東軍は内面指導しまして、内蒙古軍政府を強化する方針を決め、ちょうど成吉思汗紀元の年号を採用して蒙古大会を開き、新国旗を立て、徳王が主席となります。

ところが国民政府はこれを認めず、十一年一月、綏遠省盟旗自治委員会、通称綏境内蒙政会を立ち上げ、徳王の政府を黙殺する態度に出てきます。ついには国防陣地を構築して勢力の拡大に出てきて、包頭や百霊廟方面で蒙古軍との紛争が絶えない状況になります。関東軍としては綏遠工作を急ぐ必要が出てきます。内蒙古の田中久特務機関長は、成算がない、と反対しましたが、田中隆吉参謀が特務機関長を兼任して、内蒙古工作の中心的役割を果たします。私は特務機関を開設するため綏遠に出かけて傅作儀と合流し、互いに防共協定締結を提案したのですが進展せず、九月に綏遠工作実施要領を起案し、植田軍司令官の決裁を受け、十月に傅作儀綏遠省主席打倒に入り、謀略部隊は綏東の四県を奪回し、十一月に入って紅格爾図《ホンゴルド》付近で戦闘開始となります。

ところが主力の王英軍が支那軍に敗けて潰走します。この戦闘は確かに初めて支那軍が勝っ

た一戦でしたが、支那軍はここから勢いをつけ、国民的運動を展開し、十一月二十二日には中央軍の第十三軍らが大同に進出し、蒋介石自から山西省太原に到着。蒙古軍は敗走し、十二月九日には金甲山にいた部隊が謀反して、特務機関員二十九名を殺害する事件になりました。

関東軍は察哈爾省に波及する恐れから、兵力行使もやむをえないと判断したところ、ここにおられる石原君に出兵ならず、と押さえられたしだいです」

「武藤君が石原君に、満州事変と同じことをやろうとしたまでだ、という意味のことを言って噛みついた、というのはその時ですな」

松井が質問した。

「私はすぐに北支と新京へ飛び、中止を申しつけたのです。現地軍を使って内蒙古政府をつくり防共国家を考えていたことを、武藤君や田中君から聞き出した次第です。前特務機関長の田中久大佐が反対したのを、関東軍第二課は強引にやって刺激したのが、綏遠工作の失敗を呼び、中共軍や国民党軍の若手将校たちを勢いづける結果となった。そして十二月十二日、例の西安事件で、蒋介石が西安で張学良に軟禁され、状況が一転して、国共合作の抗日運動が上海や北京で強化されておりました。

北京武官府の今井武夫によると、地下にもぐった共産党員は北京大学生を使って抗日運動を展開している、との情報でして、支那駐屯軍のほとんどが、主戦論者でした。私は豊台に駐屯している第一聯隊に『出すぎているから退がるように』と命令したのですが、現地軍は聞き入れてくれませんでしたな」

「七月七日の蘆溝橋事件は、中国共産党が仕掛け、日本軍と中国軍の撃ち合いになった。また演習中に実弾を日本側に撃ち込んだのは永定河岸に潜伏していた共産党軍だという説が濃厚になっていますが、この事件は現地サイドで解決したと聞いています。なぜ北支事変、上海事変へと拡大して行ったのか、未だに分りません。作戦部長だった石原さんや、杉山大臣から『今だから語る』と真相を述べて下さいませんか」

「こういう場合には、不幸は重なるものです。蘆溝橋事件の第一報を受けとった時、日本政府はちょうど重要産業五カ年計画に入ったばかりで、極めて重要な時期でした。軍備拡充計画にも乗り出し、不戦十年を誓ったはずなのに、北支で事件が起き、このままじゃ全ての計画がご破算になる、国家国防のため由々しきことになる、と焦りを覚えました。

それで私は病気中の次長に、参謀本部に部長連絡会議をつくることを提案し、即決です。すぐに全部長が集り、対策を協議し、不拡大方針と現地解決方針で一同が賛同し、すぐに取り組みます。

陸軍省内部では三個師団を蘆溝橋に送り、状況に応じては機を失せず一撃を加え、事態を収拾する方針が固まりつつありました。参謀本部は、支那軍の永定河左岸地区駐屯の停止、直接責任者の処罰、謝罪と保障事項七項目を、参謀総長指示で現地参謀長に発信したわけです。

この中には、排日団体、ＣＣ団などを冀察より撤去すること、排日要人の罷免、共産党策動の撤底的弾圧、排日教育の取締、北京は将来公安隊を置き、軍隊を駐屯させない、など七項目です結果的には現地解決となります。橋本参謀長は現地解決案をつくり、支那側の現地機関と交渉の結果七月十日夜、協定に調印します。協定項目は大体日本側の提案に近く、

（一）第二十九軍代表（宋哲元）は日本側に遺憾の意を表し、将来惹起防止を声明すること。

（二）支那軍は蘆溝橋及び竜王廟に軍隊を留めずに保安隊が治安を維持する。

（三）本事件は藍衣社、その他共産党、抗日団体の指導に胚胎することが多いので、これを取締ること、の三点でした」

「石原さん、現地での調印は七月十日の夜でしたね。ひとつ分らないのは、参謀本部は十日、万一に備えて関東軍の一部、朝鮮軍の一部の他、内地から三個師団と飛行中隊十八個を派兵すること、合わせて五個師団の基幹兵力と飛行二十七中隊の増派を決められていた。

増派案が先に決り、その夜現地が調印されると増派の必要はなかったのでは。それにもう一点は、十一日の事前の五相会議、そのあとの閣議で、杉山大臣が増派を提案され、承認されるが、増派は必要だったのですか？」

「順序的に。先ず十日夜の現地調印の報せは、中央部には届いていなかったのであります。これは現地の駐屯軍主戦派の者が、本国への報せを遅らせたか、陸軍省内で止めていたか、どちらかでしょう。少くとも参謀本部は直通電話がないので、あくまでも陸軍省からの連絡待ちでした。杉山大臣は、それと知らずか、十日の夜、風見書記官長に緊急電話を入れ、閣議招集と五相会談を申し込まれる。急派と予算関係の閣議決定を急ぐ必要があったからです。この辺は杉山陸相から、お話しされるとよろしいかと」

「あの夜は九時でした。私は現地軍が手薄なので、参謀本部の案を取り入れて、風見書記官長に緊急閣議開催をお願いしたのです。その翌朝、蔵相を加えた五相会談を行い、事情を説明して了解を得、昼の閣議にかけて予算を裏付けしてもらい、内地からの三個師団増派を決定します。米内さんは海相でしたから、覚えておられると思います。この日の閣議は大変でした。五相会議では米内さんは近衛首相に頼まれてか、私に第二の満州事変にならぬようにする、と言われ、陸海で申し合わせします」

「ちょっと待って下さい。私が第二の満州事変にしない、と言ったのは近衛首相に頼まれたのではなく、山本次官の強い意向です」

「風見書記長は近衛さんから、米内さんに代弁させた、と言われておりますよ」

「うむ」と米内は不服な顔をした。

「だって陸海軍はそれまで、互いに相手方を中傷しないと申し合わせしていたではないですか。ところがこの日の五相会議では、まるで近衛首相の言葉としか思えない発言でしたな。近衛さんは、華北に第二の満州国をつくろうとの陸軍の計画的な陰謀のあらわれで、今度の事件を引き起こしたのだ、だから釘を差しておかねばならん、と風見書記官長に言ってたそうですから。全く同じ台詞でしたね」

「そう言われてもね」

米内は、苦しい顔になって黙した。

「派兵をめぐって、参謀本部内は対立しました。武藤作戦課長と陸軍の田中軍事課長は主戦派で、内地の師団三個を派遣することで意見が一致し、また第二部支那課も、ただちにやるべきだと、強硬意見です。反対したのは河辺の第二課と軍務課の柴山ぐらいです。

現地からの情報が遅れて、内地三個師の派遣を決めたことが、支那軍を刺激する結果となり、十五日、中国軍は急転増兵して北京に向って北上して来ます。

私は常にソ連の動きが気になっておりまして、北支にはなるだけ兵を送らず、満州に派遣するつもりでおりました。ですから北支は不拡大方針を通したのです。

現地での交渉は、七月十一日の夜八時、松井特務機関長と第二十九軍三十八師長の張自忠代表間に、協力が結ばれます。

内容の骨子は、二十九軍は日本軍に遺憾の意を表し、責任者を処分、将来同様の事件が起こるのを防止する、豊台の日本軍に接近する宛平県城及び竜王廟には支那軍は駐留せず、保安隊が治安を維持する。そして抗日団体を徹底的に取り締る、という内容で、これは第二十九軍司令官兼冀察政務委員長、宋哲元も同意したわけです。

ところが、これは南京政府の了承なしにやったものだから、南京政府は王外交部長名で南京の日本大使館に、中央の同意がない限り無効である、と通告してきた。

そうしたなかで支那軍の中央軍は北京に向って北上しているとの情報が入り、内地師団の派遣を決定した次第です。これは私の不覚でした。私自身が現地にとび、状況を把握すべきでした」

「支那軍は京漢線、津浦線で北上し、永定河近くまで出てきて、ついには北京・天津間の郎坊駅で電線切断事件が起き、続いて通州での邦人虐殺事件が発生するわけですが、支那の大軍の北上はかなりオーバーな数字でしたか」

「いや。ありうることだと思いました。蒋介石は全軍を編成し直し、中共軍も戦列に加わっておりましたから。とても三個師団では戦えない状況です。西からは共産党系の軍が北京を攻めて来ましたので、独立混成旅団を北京の北西に駐留させねばなりませんでしたから」

「当然、上海に飛び火すると？」

「勿論です。上海は海軍が担当していましたが、揚子江に日本の軍艦が浮ぶとなると、支那側は、さあ今度は上海だ！　と騒ぎはじめます。七年の上海戦の時とは状況が違うんです。

　各地居留民保護のため、各港から邦人引揚げが開始されると、蒋介石は日本軍が上海を攻めてくるな、その前に上海をやっちまえ、という態度に出ます。

　先ほども言いましたが、上海で飛び火するのは目に見えていたわけだから、海軍は邦人引揚げでなく、もっと各地の領事館、南京政府との間に、いい関係を持てなかったか、ということです」

「海軍は久しく戦さをしてなかったから、新しく中攻機もつくられ、使用してみたかったんですかね」

「緒方さん、それはない」

　と海軍の三人は口を揃えて反論した。

「しかし過去の戦史を見ると、新兵器がつくられるたびに、戦さが始まっております。日本海軍は、なかった、と言われるでしょうが、秘かに対アメリカ戦用に中攻機、爆撃機を製造されていた。そして現に、上海戦では、世界史にない、初の渡洋爆撃に出る。また、これも世界初の、艦砲射撃と上陸艦を活用されます。相当、訓練されておられましたね」

「北守南進には、つきもので、訓練しておりますよ。それとこれは別です」

「海軍の皆さん、上海戦に関する限り、これは海軍が仕かけた戦さでした。松井大将もはっきりと、そうおっしゃっておられますが、私は何度も、海軍は上海から退くべき、と忠告してきた。それを聴く耳をもたなかったではないか。反省すべきは、もっと早く、大本営を立ち上げて、ここで統帥部を一元化しておくべきでした。そうすれば、海陸協定を結ぶ必要もなく、陸軍が海軍に引きずられて、上海から大陸の奥まで、転戦することもなければ、南洋諸島に、満州の軍隊を送り出す必要もなかったのです」

「石原さん、南洋諸島問題は次の項で取り上げるとして、ひとまず、休憩をしましょう」

緒方は、そこで、キセルに葉タバコをつめ、一服しながら、天井を空しい思いで見上げた。

✻ 撤退項目に満州も入っていたのか

遠くで、人の笑う声が聞えたかに思えた。それは野犬の群れだった。境内を五匹の野犬が、声をかけあい、走り抜けた。緒方は続けた。

「今も分らないのは、仏印へ、なぜ陸軍が進駐したかということです。その結果として、アメリカが石油禁輸など経済制裁に出てくるとは予想外だったのですかね。杉山さんは参謀総長でしたが、どうなんですか」

「想定外でした。こちらは平和的に進駐したつもりでしたから」

「東條陸相も杉山さんも、中国からの撤退は敗北を意味すると反対されておりますが、陛下は和平を急ぐように、高松宮の意見を聴いておられた。海軍はなぜ、はっきりと反対されなかったんですかね」

「及川さんが大臣の時でしたから私は直接タッチはしていなかった。引継いだ時に話を聞きますと、近衛首相に外交による打開を最後までお願いする立場でした。南部仏印への進出は資源確保のためでしたので、海軍からは言い出せない。けど近衛総理から、ダメと言われればそれに従うしかなかった。残念ながら近衛首相は陸海軍大臣をクビにできないので、内閣総辞職の道をとられた」

「冒頭の所で、あれは昭和十六年十一月二十九日の第七十回連絡会議で永野総長が開戦日を八日と明かしますね。そして勝つために都合のよいように外交をやってくれと。そのあとで誰かが、国民は最高潮に達している、この上更にこの気勢を高めることはアメリカをして戦争準備を益々やらせることになるので、この上、高めないようにする必要がある、と言われる。

するとそれはいかん。そんなことをしたら国民は分裂する、と反論する。それに対して、分裂せぬ程度にやれ、特に政府当局が気勢を低める様なことを言うのは悪いと言う。この二人のやりとりは、杉山参謀総長と東條陸相兼首相ですか？　杉山さん、どうなんです」

「うむ。私は、分裂することを恐れておりました。海軍と陸軍の対立もありうると」

「嶋田さん、海軍は、戦さに勝つために、外交を犠牲的にやれ、と強く主張されたそうですが、東郷さんはどうだったんですか」

「海軍は八日を決めておられた。勿論私は、真珠湾を攻撃するという作戦までは知りません。ただ、一生懸命に外交交渉されている野村大使に、八日攻撃のことを言い含めていた方がよいのでは、と思ったのです。

すでに海軍の武官はこの作戦日を知っていて、同じワシントンにいるから、交渉担当の来栖君と野村さんには知らされないでは、外交がやりにくい。すると永野さんは、武官には言うていない。と否定された。しかし私の耳には、武官は知っている様子だとの知らせだった。

それで私は、外交官をこのままにしておけぬではないか、と言ったところ、東條さんだったか、外交官も犠牲になってもらわなければ困る、最後の時までアメリカに反省を促して、わが国の企図を秘匿するように外交することを希望する、と言われた」

「東郷さんは、あの時点で、外交での打開はないと、思いましたか」

「はい。ないと思いました。しかし外交上努力してアメリカが反省するように、質問するようにに伝えることで、その日の連絡会は終わります。

すると誰からともなく、国民全部がこの際は忠臣蔵の大石蔵之助をやるのだ、と言って終わりました」

「そして十二月一日の御前会議に臨まれますが、議題は『対米英蘭開戦の件』で、最後の御前会議で、開戦決定会議でした。東條首相兼陸相が進行係となり、状況を説明し『国内の結束益々固くして、挙国一体、一死奉公、国難完破を確信して疑わないと述べ、御前会議を進行された。最初に東郷外相が日米交渉を説明される。交渉の経緯報告を合わせると、長い長い論文です。

そのあと、永野軍令部総長の、志気旺盛ぶりの説明、国民の動向、治安上の措置を内務大臣が説明。次に大蔵大臣の財政金融の判断説明、農林大臣の食糧事情、供給確保の説明で終り、その後質疑応答に入られた。

御前で原枢密院議長が、アメリカは重慶政権を盛立てて、日本は全支那から撤兵せよと言われた点で、満州国を含むのかどうか、と外相に質問されましたね。東郷さん、答えを覚えておられますか」

「はい。覚えていますとも。十一月二十六日のハル・野村会談では触れておりませんが、元々四月十六日のアメリカ提案の中に、満州国を承認する、ということがありますので、支那にはこれを含まぬわけでありますが、話が今度のように逆転して重慶政府を唯一の政権と認め、汪政権を潰すというように進んできたことから、事言を否認するかも知れぬと思います、と答えました」

「その後十二月一日に、野村さんはハルと会談されますが、その場で満州を含むか含まないかの確認はなかったのですか」

「それは野村さんから、お話しされた方がよろしいかと」

東郷は丸い黒ぶち眼鏡を、指先で押し上げ、黙して、野村の発言を待った。

しかし、野村は今さら触れたくないような表情で、緒方に助け舟を求めた。

緒方は、満州国の国際承認を祈願し続けてきた石原を横眼で促した。石原は腹にすえかねていて、すぐに、

「四月の段階でやることでしたな。なにをもたもたしたんですか。戦争したくて、油が欲しくて戦さをしたいと、思っていたんでしょう、天皇陛下も秩父宮さまも、戦争は絶対にするな、と反対されていたのに、海軍は無言で外務省に圧力をかけていた、と指摘されてもやむをえんですな。野村さん、四月段階で決着しておれば、日米戦はなかったんですよね。十一月末に外務省から、満州国を含む撤兵かどうか、なぜ確認しなかったんですか」

と息をまいた。

余りのダミ声に、老齢の野村は、見える方の片眼で石原を、キッと睨んだ。

「外交には、流れというものがあるのです。あの時期に、開戦か敗北かのとき、支那からの撤兵を条件とする中で満州が含まれているか否かを問う余裕はなかったのです」

「しかし十一月二十六日の会談では、三通の公文書を手渡される。三通めの書類の（三）に、日本軍が支那及び仏印より撤退する、の項目があるではないですか。野村さんも東郷さんも、撤退条件を、なぜ確認しなかったんですかな。しかも二人の大使がおられた。撤退については、私が作戦参謀のとき、陸軍省との間に提案しております。それも一気に一年で撤退はないわけで、段階的に撤退すれば、蒋介石も応じるはずです。なぜなら、彼の方から和平条件として日本軍の撤退を求めていたんですから」

「しかし石原さん、外交は私ひとりではできません。それにワシントンには、日本がアメリカとの戦争の準備に入っていることも、八日に開戦する予定も聞かされてはいなかったのです。あなたは十六師団長でありましたね。うすうす感じていたんではなかったのですか」

「野村さんがアメリカへ発って間もなく、私は軍をクビになりました。それに十六年十一月頃は一介の浪人として山形県の鶴岡で百姓をしておりましたから、何も情報は入りませんでした。しかし満州国は私が考えた国とは違った、植民地国家になり下がっておりましたが、それでも、国際的に、一国として認められるのを、願っていた一人です。

それだけに、日米交渉のなかで、アメリカの承認が欲しかったですな。先生は海軍だから、満州国はどうでもいいと思っていたんではなかったのですか？　外務省や野村さんの日米交渉のプロセスには、満州国のことについて触れた様子はゼロでしたね」

「それは、野村さんの方で――」

と、緒方は体を起した。

「――確かに、満州国を含むかどうか、私から質した覚えはありません。外務省としては多分に、中国東北部と、つまり支那大陸であり、支那だから、論外だったかも知れません。本国から確認するように、との連絡もありませんでしたから、ハル長官との会談の中で、満州国を除外する話は一度もございませんでした」

「陸軍のこだわりは、満州国の経営です。重工業開発の第一期に入っており、陸軍は満州で、海軍は国内で自給自足に入ったばかりでした。

　もし、満州国は支那にあらずと確約がとれていたら、東條陸相も杉山参謀総長も、日米交渉を早く打ち切って、アメリカ案を修正して妥協し、国連加盟も受け入れられたでしょう。日本は失うものはなく、段階的に撤退に応じたと思われますが、どう思われますか」

「それは、仏印まで、ということですか」

「そうです。仏印どまりで。タイ進駐せずにすんだかと」

「汪政権を捨てるということですか」

　東郷が石原に訊いた。

「勿論、南京に戻ってもらい、汪蒋政府として合体し、アメリカ、イギリス、日本など五ヵ国が監視する、という形で調整です。勿論ソ連と中共は黙っていないでしょう。内乱になるでしょうがね」

「日本政府は南京の汪政権を見捨てる、ということですか。それに北京政府も見捨てることになりませんか」

「中共軍及び左翼分子、張学良も南京に連れ戻し、北京と南京の両政府を存続させる。それを日米英と仏国等で、監視するわけです。何よりも急ぐべきは、日中和平です。天皇陛下もそれを願っておられます」

一瞬、卓上会談が、ざわめき出した。

松井は「できんことではないな」と、煙草をふかして天井を見上げた。

杉山は、下唇を突き出したまま、眼を閉じた。

＊「海軍は天皇陛下をだました」

「アメリカとですか」

ざわめきが納まるのを待って、緒方が独語を吐いた。

「返す返すも、日米交渉中に、何度も支那からの撤兵の条件が出ていたわけですから、満州国を含むか否かを確認してほしかったですな。野村大使の口から、ひとことも質問が出ておりませんでしたな」

意外なことに、杉山が、悲しそうに首を振った。彼は参謀総長として、仏印駐留もことによっては撤退も考えていた。しかしそれよりも満州国のアメリカ承認が条件である。

「無念だな――」

板垣が、大きく頷いたあとで続けた。

「段階的撤退、極地撤退など、その後事務段階で詰められる。海軍は、アメリカへの敗北だ、戦わずして負けることになると口惜しがっておられたようだが、そんなものは小さいことだ。思い上がりだ。大体、海軍は戦えると思ったのかね。あの頃、英米の極東軍備の増強を考えると、勝てる状況はなかったはずだ」

「そういえば、海軍の分析はどうなっていたんだろうね。米内さんか嶋田さん、どちらでもよろしいですが」

緒方は嶋田に促した。嶋田が言った。

「日米開戦前の軍艦隻数は、アメリカが大西洋で四、太平洋で六艦。英海軍は、香港に乙巡洋艦一、駆逐艦三。シンガポールに乙巡洋艦四、駆逐艦六、潜水艦一です。

オーストラリアは甲巡一、乙巡五、駆逐艦四。コロンボには航空母艦一、甲巡三、乙巡四、駆逐艦四。

ボンベイに戦艦一、甲巡三、乙巡一、駆逐艦二。モンバサに戦艦三～四、航空母艦一、甲巡一、乙巡五、駆逐艦五。紅海に戦艦一～二、駆逐艦一、潜水艦一。

その他インド洋に戦艦二～四艦が避難しておりました。アメリカよりイギリス艦は対日戦備として地中海から増派されておりました」

緒方はふと、不審に思って質した。

「ハワイ基地には空母三、合計七隻があったはずですが。巡洋艦、駆逐艦も。なぜ、御前会議で、永野さんはハワイ基地について、触れなかったんですかね。御前会議で述べておられませんな」

するると嶋田は、弁解に困った顔をして、

「今に思えば、ハワイ奇襲を隠し通したかったのでしょう」

「私の記憶にも、ハワイの文字は出ませんでした。私もハワイ奇襲は知らされておりません。知っていたのは海軍の皆さんだけでしたね。永野さんは、目下インド洋付近における英海軍の勢力が——と眼線を変えられ、進行役の原議長も気付かず、永野さんが、カナダ兵が二千名、香港に上陸した、というと、向きを変えられ、陸兵の状況はいかがですか、何ら作戦に影響はないかと尋ねられた」と杉山。

「そうですか。十二月一日というと、ハワイ奇襲隊は単冠湾を秘かに離れている頃だ」

松井石根は、近くにいる野村の顔を、気の毒そうにのぞき込んだ。

野村は、唇を固く結び、微動だにしない。

「それで杉山さんはどのように報告を？」

「香港にカナダ兵二千名の上陸の他、イギリス兵がシンガポールに約七千名上陸、ビルマ方面にも。しかし作戦実行には支障なし、と答えたのですが、そこで問題になったのがタイランドです。どっちの味方につくか、イギリスか日本か。これは行ってみないと分らないことだと答えました」

その時、石原莞爾が突然、カカカと嗤った。

「何がおかしいのかね」

と米内が石原を叱責した。

「いや、失礼――」

すると、緒方が、石原に、

「何か言いたいことがあるんじゃやないですか」と促した。

しかし、石原は、鼻で冷笑した。

「私から、よろしいですか」

と言ったのは、それまで発言を控えていた迫水久常だった。太い眼で、誰を見るでもなく、じろっと見渡した。

「当時私は企画局の一課長で、御前会議の様子は義父から間接的に聞いて知りましたが、皆さん、なかでも海軍さんは、みごとに陛下を、だまされましたな。十二月一日といえば、戦隊は南下を始めておられたのに、日米開戦はないと言い続け、陛下や原議長、それに各大臣たちは、東條首相を除き、ほとんどの人が西の方を向いておられた。世紀の大罪ですぞ。いつから国の指導者たちは、平気で陛下を裏切るようになったのですか。国民には何も知らされず、むしろ敵視しておられた。国民イコール陛下の考えと同じですぞ。そいが、みごとに、こともあろうに御前会議でウソを並べる。

誰であろう、出席された永野軍令部長、ここにいる嶋田海軍大臣、伊藤軍令部次長、岡軍務局長、そして東條首相兼陸軍大臣の五名は、真珠湾攻撃を知っていた人たちでした。残念ながら東郷外相には知らされておりませんでしたね。皆モーニングコートを着て、みごとに陛下を裏切られた。陛下は最高統帥者ですぞ。これを何と心得ておられたんですか。

大体、首相が陸軍大臣を兼務すること自体が独裁に近い。専任の陸軍大臣不在では、下の意見は通らない。これを専制陸軍と呼ばず何と言えばよいか。ヒットラー並みではないですか。

石原さんなど反対者は片っぱしからクビにして、海軍の南進を押し進めて行ったではないですか！　大体、東條陸相が全てのガンのもとであった。海軍は対米英戦の訓練に入り、負け戦さと知りながらほとんどの軍艦と空母、人材を海に沈め、日米戦を計画した海軍さんは生き永らえておられる。

石原師団長がクビになったのは、東條陸相、武藤軍務局長の二人が大阪の会議室での中西部師団長会議の席で、北守南進をやるという。石原さんは東條・武藤に反論したからでしたね」

「南進をやれば米英戦になるから、日中和平はできなくなるばかりか、満州を失うことになる、と反対したんですがね。そしたら翌年一月下旬に、クビの内示があった。陸軍も海軍も民主的でなくなっていた。反対意見者をクビにして、前が見えなくなったんですな。

何よりも、負けることが百パーセント分っている日米戦に出るとは、作戦ができんからです。忠臣蔵と聞いて呆れる。杉山さんは、真珠湾攻撃のこと、全く知らなかったのですか」

すると杉山元は、口をモグモグさせながら石原の方を見て言った。

「知らされていませんでした。開戦日は聞いていましたが、陸軍はタイ上陸、シンガポールなど南部仏印作戦で精一杯でした。東の方とは聞いておりません」

「杉山さんが、松岡外相の時に、近衛・ルーズベルト会談を強く提案されていたら、時世は変わったでしょうね。それに野村さん、こんな大事なトップ会談を、なぜ当時の外務大臣に強く言わなかったんですか。近衛さんは持病があって、肝心な時に逃げる人ですよ。ルーズベルトやハルの要求と妥協点をもっと強く、場合によっては直接天皇に進言すべきではなかったかな」

天皇への進言など、頭越しの行動は、いかなる部署でも不可能であった。にもかかわらず、石原は太いダミ声で吠えた。

また、沈黙時間に入った。

誰もが、顔を伏せた。

御前会議に出席された杉山と嶋田は、眼を閉じたままである。

「野村さん、今思うに、両首脳会談が実現できなかったことを、どう思われますか」

緒方が、沈黙を破って、発言を求めた。

野村は眼を開けた。松井に、ちょっと頭を上げた。それから、大きな頭を心もち揺らしながら、発言した。

「――今思うに、と言われましたが、今でも私は、ルーズベルトの会談提案に応ずるべきだったと、強く反省しております！　相手は大統領です。天皇陛下が希望されれば、陛下とルーズベルト会談の方がより平和的に解決したでしょう。ハワイという提案でしたから。お互いに中間地点です。首脳会談を一週間ほどかけて議論されたら、何ごともうまく運んだと、私は百パーセント保障できました。誰が止めたのか知りませんが、誠に、誠に残念です」

　しかし野村吉三郎の問いには、

「先ほどの話では、右翼が脅したとか言っておりましたが、杉山さん、どうなんですか」

　緒方が、杉山を覗くようにして顔を向けた。

「私は、てっきり、ルーズベルト大統領と近衛首相が、ハワイでお会いになるとばかり思っておりました。東條陸相とも、そうなると打開の道が開くのだが、と祈るような気持ちで話し合ったものです」

「陸軍が一番怖れたことは、日本軍が支那から撤兵することでしたが、ルーズベルト及びハルの見解はいかがでしたか」

「二度めの会見で、私が蒋介石と汪兆銘との合流で赤化が止められる旨を持ち出したところ、ルーズベルトは、その気になっておられたのが印象的でした。支那事変の解決になるな、と応酬したときのことです」

＊いざ戦争となったらいずこの新聞も軍の報道機関になる

「そこで野村さん。ワシントンにおける各国代表の空気とは、どんなふうでしたか。色々な方にお会いしていたと思いますが」

「そうですね。私がワシントンに参りました頃は、日本の南進論に対して、各新聞が厳しい論評を展開していた時でしたから、各国代表との質疑応答は、決って南進論でした。

例えばイギリス大使のロード・ハリフォックスを訪問した時ですが「イギリスは日本が独伊と同盟を結んだといえど、日本と戦う意志はない。イギリス国民の戦意は強くアメリカの援助により勝利を確信する。イタリーのエジプト脅威の如きも、今日としては過去のこととなった。日本は形勢を誤断せざることを望む」と語った。

その時私は『海上権と大陸権の戦争は自ら長期戦となろう、アメリカは長期戦の準備をしているようだが』と探りを入れると『空軍は勝敗の鍵をにぎると見られるが、イギリスは漸次空軍力を増加した。イギリスは戦争三年と言ったことがあるが、丁度その半ばにある』と自信ありげに語られた。

これは漸くたった三月十日、私がルーズベルトと二回目の会見四日前のことでしたね。イギリス大使が来訪されて、雑談した時ですが『自分はアメリカの立場を語る位置にいないが、アメリカもイギリスも極東において紛争を望まないことは同一である。ただ万一の場合に備えつつあるにすぎん。併し、もし事端が生じた場合には、アメリカの充分なる協力を期待し得るものと認めている』と語られたが、当時の新聞報道は『極東の形勢は幾分か緩和したかに見えるが、依然として険悪である』と報じていた。

イタリア大使と話すと『アメリカは長期戦を利としている。何年でも戦争に堪え得る力がある、次第に参戦の方向に進みつつある』と語っていた」

「そうしたさなか、当時の松岡外相は、野村さんを全権大使としてワシントンに送り、自分はヒットラーとスターリンに会うためヨーロッパ訪問に出ますね。なぜあの時期にヒットラーやスターリンと会おうと思われたのか」

「緒方さん、私は松岡外相に、二月二十五日付で、日米国交の調整が困難視されるので、渡欧は漸く延期されるように、と電報を打ったのです。日米交渉終了後なら分るのですが、交渉さなかです。ワシントンの各紙は、松岡外相の訪欧を報じていましたからね。実にまずかった。ハルとの会談では、ヒットラー主義がアメリカ国境にまで侵入しつつある。これは単に防御手段にあるだけではダメで、彼らが侵入しえないように、機先を制する必要がある、と語られた。私はその時、日本としても頗る警戒する必要を感じましたね」

「そしてついに、天皇陛下に伝えず、統帥権に触れる真珠湾奇襲に出た。皆さんはラジオニュースを聞いて、どう思われたんですかね」

勿論、出席者の十人の識見者は、誰もが黙り込んで、発言を控えた。

進行係の緒方は、困った顔で、一人一人に促した。それでも誰一人、発言しなかった。

室内は、シーンとなった。また遠くで、野犬の吠が聞えてきた。その遠吠えは、出席者全員の胸に、悲しく伝わってきた。

左から右へ時計回りで一人一人に発言を求めるが、誰も答えようとしない。

そしてひと回りして、最後に九人め、緒方の右隣りにいる石原を見て言った。

石原は、皆が黙り込んで話そうとしないことに、苛立ちを覚えた。なぜ素直に、あの朝の感想を述べようとしないのかな、と憤りさえ感じた。

しかしよく考えて見れば、野村大使はアメリカにいるから別として、東郷外相、嶋田海相、杉山参謀総長と、当事者が現存し、話しにくい点はある。

それに比べ、迫水、松井、石原の三人は当事者でないから、客観的に受け入れたであろう。だが誰に遠慮してか、話そうとしない。

石原は遠慮せずに、こう語った。

「私は東亜連盟の仲間と、岡山県の宇野港から四国の高松に出て、高知に向う前にラジオニュースで知ったのです。正直に言って、感激しました。しかし頑張なイギリス、未だ一度も破れたことがないアメリカが、これによって屈伏するとは考えられず、国民は長期の困難な戦争を覚悟しなければならんな、また我が国の困難に乗じて、ソ連が満州国を脅かすに至らなければいいが、ソ連が攻めてきたら最悪の事態になる、と心配しました。幸いソ連軍の進攻はありませんでしたが、いつの間にか支那事変、和平交渉を忘れてしまいましたね」

「戦さになると、日本に限らず米英・ドイツも、新聞も国民も、勝つことしか考えなくなり、報道の自由はなくなりました。新聞各社とも、正論を言うと弾圧され、新聞社の経営そのものが危くなる事態でした。

私はちょうど編集局長でしたが、政治部長の細川君が軍を批判したというので圧力がかかり、ニューヨーク支局に飛ばしたあとです。いざ戦さとなると、社内はまっ二つに割れて大変でした。それからは、まっしぐらに戦争報道です。どの国も同じでした。北支事変から四年、絶対に勝たねばならぬ戦争に入って行き、半年もせずにしてミッドウェーで大敗し、敗戦色が強くなります」

「緒方さん、いざ戦争となったら、いずこの国も、あの民主的なアメリカも、政府を批判するワシントンポストも、日本を非難し、戦争記事一色になりましたよね」

「それが、戦争ですね。いずこの国も勝つための報道になり、新聞もラジオも、一面では情報手段として利用されていきます」

「始まってからは退けませんからな」

松井は窓の外を見た。月光が射し込んでいるはずなのに、暗闇だった。虫の声が聞こえてきた。

第九章
山本五十六の死は自殺だったのか

＊アメリカはハワイ奇襲を知っていた

「ところで、真珠湾攻撃は、成功だったのでしょうか。完全損失はアリゾナ型二隻、他は中破、大破、轟沈しても、あとで回航、修理して艦隊に復帰したものがありました。また空母二隻は早朝に湾内から出港して逃げられ、無傷でした。海軍側はどう判断したんですかね」

緒方は、戦後のアメリカ側の情報をもとに、見方を変えて質問した。

すると海軍側の四人は黙り込んでしまった。

「野村さん、ルーズベルトは外務省及び海軍暗号を盗聴し、暗号解読に成功して、野村さんと交渉しておりましたが、今ひとつ分らないのは、日本軍のハワイ攻撃日は予知していたんではないか、という疑問です」

「うむ。どうですかね」

野村は苦しい表情になり、質問した緒方を直視した。

「私はその場にタッチしていませんでしたが、前夜ルーズベルトは予知したように、夕食会で喋っておられた。また、真珠湾攻撃の知らせを受けた時、思わず発した言葉がテープレコーダーに録音されているのに、未だに公開しておりませんね。

状況からして、交渉をじらして、うまくワナにはめられたな、という感じがします。東郷さんの方ではどうだったのか知りませんが」

「どうなんです、ハワイ情報は?」

「ホノルル領事館からの前夜の情報では空母二隻ありでしたが、深夜出港していた、との報告でした。それから間もなく、奇襲が始まりますが。

またハワイでは、日系二世を掻き集めてホノルルから隔離したり、ホノルル市街に日本軍の上陸に備えてバリケードを張ったり、また日系人を集めて日本軍攻撃に備えた集会をやったりしておりました。そうした状況から日本軍の攻撃は予知していたものと判断します」

「日本側からグルー大使にもれていたという説もありますが」

「考えられないことです」

「しかし暗号は全て読みとられ、ハワイは待ち伏せしていた、と言えませんか。但し、北方から入ってくる、雷撃してくる、とは予測していなかった、と言えませんか」

「戦後、色々な資料が出てきましたが、一番有力な資料は、一九四四年八月の陸海軍査問会議の議事録でしょう。当時の大統領からハル長官、参謀総長、各司令官まで証人として引き出し、議会で査問しています。日本も、ミッドウェーの敗因を、議会の委員会か、又は軍法会議で明らかにすべきでした。さすれば海軍の敗北がはっきりして、これじゃ山本長官が言ったように一~二年戦って終わり、という予言が的中し、講和に向って行くことになったでしょう。日本では、なぜ軍法会議にかけなかったんですかね。嶋田さんは、ご存知でしょうか」

「さて。ここにいる海軍関係三人は当事者ですから、誰を裁くかとなりますと」

「全てです。真珠湾攻撃作戦、ミッドウェー作戦、その他、台湾沖海戦など、全ての海戦です。なぜ敗れたかを検証して後世に残すべきかと」

「それは海軍大臣が本人を査問することになります」

「議会が機能していないのが決定的な問題でしたが、議会と切り離して、原因と結果、因果関係、責任問題を、海軍として明らかにしておく必要があったのではないですか。真珠湾奇襲は、航空指揮官及び五分前に攻撃した爆撃隊の誤判断で、最初に奇襲する予定の雷撃隊の攻撃が爆煙と敵側のクイック・スタンバイで充分に雷撃できなかった事実など、及びミッドウェーの完敗の原因も、究明されていませんね。勝ったのは真珠湾、翌年の珊瑚海海戦、マレー沖海戦とありますが、その後の海戦は大敗でしたね」

「そんなことはありません。空母四隻をミッドウェー戦で失いましたが、アメリカ軍も八月の珊瑚海でサラトガを、九月十五日にはワスゴを、その前にはレキシントン、ヨークタウンを失い、エンタープライズも第二次ソロモン海戦で中破し、六隻の制式空母のうち、満足なのはホーネット一艦のみでしたよ」

米内が発言した。

「私は、海軍のことはよく分からないが、ミッドウェー海戦で赤城、加賀、飛竜、もう一隻は――

――」

迫水が思い出そうとすると、隣りの井上が、

「蒼竜」と助け舟を出した。

「――そうですか、蒼竜ですか。でミッドウェー海戦には、日本海軍の全艦隊が出撃したと聞いています。総屯数、隻数では、世界最大と聞いてましたが、それでも負けたんですな」

「それは私の方から申し上げます。総屯数は一五〇万屯です。過去にない大艦隊です。なのに、なぜ敗れたのですかね。分らないのは日本軍はなぜミッドウェー作戦に出たのか、その後、失敗の査問会議も軍法会議もありませんでした。何よりも国民としては、勝ったのか、負けたのか、知らされなかったことです。負けたのなら、あの時点で、手を挙げ、白旗を立てるべきだったのではありませんかね。そもそも、なぜミッドウェー島を攻めようとしたんですか」

米内と嶋田、それに井上の三人は、互いに誰が話すか、と顔を見合わせた。

結局、当時海軍大臣だった嶋田が答えた。

「ミッドウェー作戦は、連合艦隊司令長官の山本五十六大将の起案に依るものです。ミッドウェーはアメリカの潜水艦にとっては重要な燃料補給基地で、ここを占領すればアメリカ軍の活動を制圧できる。またここに航空基地をつくれば八百キロ先のハワイが攻撃でき、ハワイを占領して日米講和に持ち込む、という考えがありました。

作戦に入ったのは十七年一月でして、軍令部はこの案に、補給が極めて困難である、またミッドウェー基地を占領しても、はたして戦略上、価値があるかどうか疑わしいとの理由から反対しておりました。

作戦上も、わずか一八〇〇キロ先のハワイ島から米軍機が多数飛来して攻撃してくる、おそらく数え切れない敵機が殺到するだろうから、反対しております。

それにハワイ奇襲のときと違い、米軍は二度と寝首をかかれることはしない、というのが決定的な反対理由でした。

ところが長官は、アメリカ太平洋艦隊が日本に向う動きを監視できる基地だから、絶対占領が必要と主張し、なかなか結論は出ませんでしたね。

長官はミッドウェー攻略を成功させたかったし、米軍とかち合ってもこれを叩き潰して占領したい考えでした。ハワイの米艦隊は戦力が衰えている今こそチャンスと考えていたのです。太平洋艦隊をおびき出して叩き潰せば、アメリカは和平交渉に入るだろうと。しかし軍令部は、空母六隻が太平洋艦隊で現存し、たとえハワイを占領されても、簡単に和平交渉には応じまい、むしろニューカレドニアやフィジーなどに出て迎え撃ち、勝算ありと、代案を出しております。

福留第一部長、伊藤中将は、米豪間の補給路を断って日本の制圧下におくと、ミッドウェー攻撃に反対しました。

しかし山本長官は、補給路を分断する意味でも、敵の空母勢力を撃破することである。空母勢力がなくなれば、米豪間の補給路は維持できなくなる。したがってミッドウェー戦で敵の空母勢力をおびき出し、決戦で撃破できると信ずる。ミッドウェーもアリューシャン列島も、妨害を受けずに日本の防衛線になる、と強調された。

さすがの福留も伊藤中将も、そこまで言われると、長官を信ずる方向に傾き、作戦が決定したのであります。たしか井上中将も反対されていましたな」

井上は、大きく頷いて言った。

「私の第四艦隊は南西太平洋方面に作戦しておりましたが、その話を聞いて大反対しました。第四艦隊はトラック島にあり、ここに参謀が飛行機でこられ、私どもと討論となったのです。私は、この計画には確信がもてない、と述べて大激論となりました。連合艦隊のその参謀は憤慨して帰られましたが、実はマレー半島周辺で作戦中だった近藤中将も、またセイロン島への出撃からまだ帰っていない南雲中将も知らされていなかった。

具体的に〈M1〉作戦として詳細な計画案が出され、山本長官は五月の中旬に攻撃を実施したい、と述べられた。

それから三月三日でした。米軍の機動部隊が南鳥島（マーカス島）を攻撃した。南鳥島と東京はわずか一六〇〇キロ。東京空襲もありえる、深刻なものになります。

米機動部隊の南鳥島攻撃で、長官は急遽、空母と第二十一航空戦隊を日本に呼び集めた。そして四月十八日、今度はB25の十六機が突然東京を空襲して、ソ連と中国へ飛行して行った。このショックは大きかった。

山本長官は、米空母を撃破し、わが海軍の最前線をミッドウェーからアリューシャンを結ぶ線まで東進させねばならん、と決意したそうです。

ご存知のとおり、一五〇〇万屯。世界最大の大艦隊で出撃しました。しかし結果は、敗北でした」

井上の発言のあと、漸く重い沈黙が続いた。ある者は大きく溜息を吐く。

「――この作戦でも、アメリカ側に暗号を読まれていたそうですね」

緒方が言った。

「戦後、それも五年ほどして知りました。またか、と思いましたが、米軍は早めに準備態勢に入っておりました」

「山本さん、焦ったんだろうな」

と、松井石根が、溜息まじりで言った。

＊ミッドウェー海戦は山本の失敗

ミッドウェー攻撃に出撃した艦隊は、主力の部隊が、第一戦隊に戦艦大和、長門、陸奥、第二戦隊に戦艦の伊勢、日向、山城、扶桑。第九戦隊の軽巡北上、大井。第三水雷戦隊は旗艦軽巡の川内をはじめ、第十一駆逐隊（四艦）、十九駆逐隊（四艦）、第二〇駆逐隊（四艦）。他に第一水雷戦隊の二四駆逐隊（四艦）と二十七駆逐隊（四艦）、そして空母部隊の「鳳翔」、特務隊の千代田、日進、タンカー四隻で編成。
○機動部隊は、赤城など空母四隻、戦艦二、重巡は利根、筑摩の二艦、その他軽巡の第十戦隊長良と、駆逐隊十二艦、タンカー八隻。
攻略部隊は主力が重巡四、戦艦二、軽巡の由良、空母一、駆逐艦八、タンカー四隻。

護衛隊が軽巡の神通、駆逐艦十一艦、掃海艦四隻、哨戒艦二隻、駆潜艦三隻、魚雷艇一隻、タンカー一隻。その他支援隊として、重巡四艦、駆逐艦二、タンカー一隻。

アリューシャンの北方部隊には重巡三、空母二、駆逐艦十、軽巡三。

潜水部隊が十六隻。

嶋田が編隊名を並べ終えたとき、思わず緒方が、

「こりゃ大名行列だな。海軍は、こんなに船を持っていたんですか。いつの間にこんなに！」

と溜息をついた。

「しかも、日本近海は空っぽじゃないか。米内君、横鎮には何隻も残っていないな」

松井が、野村のとなりにいる米内の顔を覗いた。

「いえ。ちゃんと、残しておったようです」

「これだけの編隊が、昼間堂々と東へ進めばすぐにバレバレだ。山本さん、図に乗っていたね。指揮が緩んで、米大使館や英国の武官のスパイの眼にとまる。作戦は小さく強くでないと」

石原が毒ついた。

するとと松井が、

「こういう場合は、嶋田さん、あなたは大臣として、言うべきことは言わなくちゃね。ミッドウェー攻略には反対されていたんでしょう、井上さんも」

「はい、軍令部もだらしない。伊藤・福留が妥協するからいけない」

「まあ、真珠湾で勝った山本君のことだから、次も成功すると思ったんでしょうが、軍令部次

長と総長が、コントロールせんとな。いっそのこと、陸軍から人を回すとよかったな。石原君ならどうしたかな」

思わぬ松井の発言だった。

これには誰もが閉口した。

すると松井は、

「明治時代は、陸海で人の異動があったんですよ」

と言った。

「えっ？」

全員が、唖然とした。

「樺山資紀さんは、あれは何年だったか。ええーと。そうだ――明治十一年に近衛参謀長のあと、大警視を兼任し、十六年に海軍に転じて、十七年に陸軍少将から海軍少将になった。西郷従道さんも陸軍中将から海軍中将になった。のち大将ですな。

樺山さんが偉いのは、海軍に入ると、軍事部をつくられたことです。今日の軍令部ですな。知恵がちがうんですよ。その逆はありませんでしたがね。オレは海軍で一番だと思いすごすと、こんな結果になる。だから、満州事変をやった石原君なら、どうしただろうか、と興味津々です」

「私なら――」

と石原は、そこで咳き払いした。そして、

「私なら、サイパンを基地にして、南はフィリピンかシンガポールに防備線をつくりますな。なぜなら、真珠湾後は、アメリカが攻撃に出てくるからです。現に三月三日、南鳥島がやられた。ハワイからまっすぐ日本にくるとなると、五五〇〇キロもあり、タンカーも届かない。油切れで漂流するだけだ。そうなるから、南の島伝いに攻めてくる。これが船団攻撃でしょう。海流の事を考えれば、直線では西行できん。

ならば、サイパンをハワイ以上の基地にして、各島に陸軍の航空基地と、潜水艦基地をつくり、綱を張って米艦隊、空母の動きを見張る。

防備線内に入ったら攻撃に入る。先ず潜水艦を出し、航空隊、空母の出撃で、叩きおとす。

向うも基地を狙ってくるだろうから、前線を前に出して迎撃です。空母七隻に一四〇機の艦載機と見ても、陸上からの攻撃を加えるとわが方が上ですな。山本さん、わざわざミッドウェーまで行くことはないです。そんなに手を広げて、守れますか。陸軍に相談すれば、また手もあったでしょうがね」

「ほう。サイパンね！」

松井の他に、野村と杉山までが、頷いた。野村は腕を組み、天井を見上げる。

「大本営は、だんだん頭が固くなっていったんだね。杉山さん、今の石原さんの構想をどう思われますか」

緒方が訊いた。

「サイパンを基地化すると、陸軍は近くのグアムまで、駐留となります。方面軍司令部を置く。

それもシンガポール、フィリピンの線を結んで、三方面軍。主として、陸軍航空団の守備になりますから、満州・支那から兵力を回わすことになりますね。特に航空機は二千機以上必要です」

「しかし、ミッドウェー、ウェーキ島で補給すれば、四、五日で中間地点までこれますな。そこから本土爆撃は充分です」

井上が杉山に言った。杉山は黙った。

「ミッドウェーから直接日本へとなると、硫黄島、小笠原、北海道から迎撃に、またサイパンから空母で出撃です。陸と空母から迎え撃てます。

南のウェーキ、クゼリン島、トラック島からくると、サイパン、テニアン、グアムから一斉迎撃です。南のインド諸島はオーストラリア軍、イギリス軍相手となりますが、こちらはシンガポールとフィリピンに海軍と陸軍が出かける。ま、そんなところですかね。補給路が長くなるので、米軍は、遠回りせんといかんでしょう。アリューシャンからの攻撃も、北方で迎撃ですな。問題は、アメリカがソ連を使う、となると、やっかいです。背後をつかれますんでね。ウラジオストック、ナホトカに迎撃隊を向ける。津軽海峡を封鎖することですかね」

石原がつけ加えると、皆は黙り込んだ。海軍の三人はうつ向き、杉山、松井、板垣は天井を見上げた。東郷と緒方は、しきりに首をひねる。

迫水は、姿勢を崩さず、眼を閉じて聴き耳をたてていた。

「杉山さんは当時、参謀総長でしたから、海軍との会議に出られていたでしょう。ミッドウェーの話は、ご存知でしたか」

緒方に訊かれて、じろっと横眼で振り返って言った。

「私は真珠湾もミッドウェーも、あとで知ったのです。みごとなものでした。陸軍は南方と支那に神経が向いていて、東の方は考えてもみませんでした。

今、石原君から、サイパンの基地云々が出ましたが、もっと早く、進言してほしかったな。残念ながら、東條陸相が、毛嫌いされて避けていましたからね。何度も、東條陸相には言うとったんですが。武藤君がいるからね」

「そうか。陸軍は東條・武藤コンビで、異見を言う者は、とばされていたからな。独裁体制に入って行ったんだね。そうなると誰も進言せんな。言われるままにしておくのか」

松井が、またも煙草をふかした。

「米内さんから見て、どうですか」

緒方が言った。

米内は、すーっと息を吸い込んでから、

「私は部外者でしたから、間接的にしか情報は入りませんでした。山本長官のミッドウェー攻略、と聞いたとき、はたして統率がとれるだろうか心配でしたな。ハワイ奇襲の状況とは違いますからね。軍令部の反対を押し切って行ったわけですから。不満をもつ者が多かったはず。どこかで洩れますよ、スパイの耳にね。どういうもんかね——」

首をひねったあと、無念そうに顔を伏せた。

＊東條首相「百年戦争を辞さない」

「福留、伊藤の二人は、長官を信頼しているのは分るが、もし負けた場合のことは、考えなかったのかね。それにハワイからの情報はほとんど入ってこなかったわけでしょう？　全員、領事館員たちは拘束されていたし。空母六隻がハワイの太平洋艦隊に所属していることもあとで分った。山本長官は、軍令部も含めて空母は何隻と思ったんですかね」

松井の質問に応えたのは嶋田で。

「――二隻と」

と言った。永野軍令部総長も、御前会議で二隻と答えている。

「しかし実際にはエンタープライズの他にサラトガ、レキシントン、ヨークタウン、ホーネットが日本軍を迎える、余りにも敵情報に暗かったですな。

アメリカ軍の喪失は空母ヨークタウン一隻、駆逐艦一隻、航空機一五〇機、人員三〇七人。対して日本軍は空母赤城、加賀、飛竜、蒼竜の四隻、重巡一隻、航空機二五三機、人員三五〇〇人。完敗とは思わなかったですかね」

緒方が、思い出すままの数字を並べたあとだった。迫水久常が眼を開き、

「六月五日、東條首相は国際新聞編集者会議で、日本は勝利の日まで敵を撃滅するときまで、百年戦争を辞さないと』と演説しましたが、軍令部からはミッドウェー戦の敗北を聞かされて

いなかったんですかね」

と井上、嶋田、米内の顔を窺った。しかし三人とも沈黙して語らない。

するとと杉山が、

「首相はラジオ放送で知ったんで、詳細は知らされてなかったと思うな」と、迫水に答えた。

「ラジオ放送は、今もよく憶えておりますが、こうでしたな——。

『東太平洋全海域に作戦中の帝国海軍部隊は六月四日、アリューシャン列島の敵拠点ダッチハーバーならびに同列島一帯を急襲し、四・五両日にわたり、これを反復攻撃せり。一方五日、洋心の敵拠点ミッドウェー島に対し、強烈なる強襲を敢行すると共に、同方面に増援中の米全艦隊を捕捉、猛攻撃を加え、敵海上及び航空兵力ならびに重要軍事施設に損害を与えたり』

そして損害報告では、

『米航空母艦エンタープライズ型一隻、ホーネット型一隻撃沈。彼我上空において撃墜せる飛行機一二〇機。わが方の損害は航空母艦一隻喪失、一隻大破。巡洋艦一隻大破、未帰還飛行機は三十五機』

これじゃ、どう見ても日本軍の勝ちですな。杉山さんにお伺いしたいが、連絡会議で海軍側からの報告はあったんですか」

杉山は、記憶をたどった。それから小さく頷き、

「ありました。あれは六月十日でした。私はメモをとりましたよ。戦果報告では、敵側に与えた損害は空母一撃沈、その他空母一、巡洋艦数隻大破でした。我が方の損害は、空母一、喪失

同一大破。巡洋艦一大破でした」

「ま、五分五分という発表ですか。日本軍は三隻で、アメリカは数隻ですね」

「杉山さん、嶋田さん、これはいくら日本には空母四隻残っているとはいえ、アメリカに打撃を与えたとは言いがたく、勝負は見えていましたね」

「海軍の皆さんは、立ち直れると信じていたでしょうから。南方へ資源を求め、そこで油を補給し、資源確保して現地調達する方向に出て行った」

「全ては『北守南進』を決定した昭和十一年に始まる。陸軍参謀本部の国防国策案を、海軍が南進方向を決め、仮想敵国を米英としたことが、日本は大きく方向を誤ってしまった。海軍は十五年以降、鉱区の調査と称して、軍事専門家を経済交渉の使節団に加えていたのは、言うまでもなく資源鉱区権の獲得の他に、武力で獲得するための軍事基地の調査が行われていたが、ニューギニア・カレドニア諸島まで及ぶことになる。そうでしたね、嶋田さん」

迫水は、相当に、腹にすえ兼ねていて、珍しく海軍側を名指した。語意も強く、嶋田を睨みつけた。

「海軍は南洋に資源鉱区を求めたのは事実です。商社員を同行し、インドネシアの各地、カレドニア方面まで進み、防衛上進出して行ったわけですが、ミッドウェー海戦さえなければ、うまく行ったと確信します」

「山本長官はハワイを占領すれば、日米が講和するだろうと考えていたんでしょうが、長官の戦死とミッドウェー敗北は関係しているという説が濃厚ですが、米内さんはいかが思われますか」

米内は、言っていいものかどうか、暫く考えたあとで、肘をテーブルに付けた。そしてちょっと首を振ったあとで発言した。

「その前に、連合艦隊の発案で『い号作戦』が決まります。第三艦隊の飛行機とラバウルにいる南島方面艦隊、第十一航空艦隊の飛行機を合同させて、ガダルカナル・ニューギニアの敵基地にある水上、航空兵力を叩く作戦でした。攻撃は四月七日から始まり、十四日までにガダルカナルを一回、ニューギニアを四回攻撃して成功します。当時の第三艦隊司令長官は小沢治三郎中将、方面艦司令官は草鹿任一中将でしたが。

山本長官は四月三日、宇垣参謀長らを連れて飛行艇でトラック島からラバウルに移動され、い号作戦で出撃する機を見送られ、作戦終了後の十七日、前線視察に出かけた、午前七時四十分、米軍機に奇襲されたわけですが、『幾多有為の若人を失ったことは永郷の父兄に相すまぬ、いずれは国のために散った有志のあとを追っていくであろう』との文章が見つかったことで、自殺説も出ましたが、ミッドウェーの失敗との関連は、早急すぎます。軍人なら誰しもが死ぬわけですから。海軍ならず、ここにおられる軍人誰もが、決めていたはずです。しかし、山本長官の死は、敗北を認め、講和工作に出るべきであったと思います」

次第に、室内の空気が重くなっていくのを、緒方は肌で感じとっていた。それで、そろそろ、終りにしようと考えた。が、ふと「なぜ和平工作はなかったのか、これまでの和平工作の足どりをまとめてみよう」という気持ちになっていた。

＊昭和の和平工作を誰がつぶしたのか

緒方は、誰から切り出したらいいものか迷った。迷ったすえに、ここは年長順に切り出すのがよかろう、との考えになる。

「ここで皆さんに、お願いがあります。明治以降から今回の大東亜戦争まで、和平及び講和工作について、お話を聞きたいのですが」

緒方が提案すると、野村が

「それは日露戦後と前ではちがってきますね」

と言った。

「それなら、昭和だけにいたしましょうか」

「それがいいですな」

「私から、名指しますので、その順で発言していただければ助かります。先ず松井さんから――

――どうですか」

「うむ。私は日露戦を戦った一人として、やはり日露講和が最も印象深かったですな。アメリカは満州に乗り出したく、色気たっぷりでしたから。仲介役を買われた小村寿太郎外相がご苦労されて、ポツダム条約を呑みますが、世論はそんな条件ではダメだと言って日比谷の焼打ち事件にまでなった。しかし当時の日本は戦力なし、弾もない状況でしたから、やむなく、あの線で妥協しましたね。あの戦さは五分五分と見るべきで、勝ったとは思いません。よくぞ講和に持ち込んだな、と感心しておりました。

日米の講和よりも、日支和平を急ぐべきでしたね。杉山さんは苦労されますが、どの辺りでしょうかね、チャンスは」

「機会は沢山ございましたよ。一番は南京戦の前と上海戦直後でした。蒋介石は北支方面の軍を退いて上海戦に注ぎ込んで、それこそ決戦でしたから、あの直後かと」

「野村さんはいかがですか」

「私は日米講和の機会ですね。ミッドウェー戦直後です。日米交渉の米側の条件を呑むことで対支那戦にも終止符がうたれたでしょうし、段階的撤兵に入れば、満州は残ったでしょう。その後、国連で満州国が、支那から独立した一国となったかも知れません。又は日本が指導する自治国となっていたかも知れませんね。その後は、サイパン陥落直後です。これは完全敗北でしたから」

「杉山君が南京戦前と言っておりましたが、私はその機会を待って、無錫と蘇州の線で止まれと参謀本部の指令どおりに待機しておりました。蒋介石が南京にいる間に和平交渉をすれば、戦力は衰えておりますし、南京をこれ以上被害させないですみます。蒋介石は南京の街を大事にしていましたしね。それでゆっくりと歩を進めていたところ、中央部は第十軍を杭州湾に送り込み、一斉に攻めたてた。

あれだけは悔しくてならなかったな、せっかく交渉に入ろうとしている時に下村作戦部長と多田次長は柳川兵団を送り込んだ。なんというヘマなことをしたかと、あとで柳川君を怒鳴りつけたことがある。手柄を立てようという腹なんだろうが、司令部の言うことを聞くべきで、勝手に中央の言うなりにやること自体が軍法会議ものです。陸軍刑法違反です。結果は南京城攻撃になってしまった」

「板垣さんは？」

「私は上海戦の前でしたね。北支で様子を見守っていたんですが、外務省の不手際で、交渉が遅れたと聞いています。東郷さんはまだドイツでしたか」

「あとで民間レベルの船津工作が進んでいたのを知りました。川越大使は天津・青島・大連と忙しく駆け回っていて、外交部長との交渉の機会を失い、日高代理が交渉にあたっていました。よくないですよね、失礼な話で、大使が出て行くべきで。彼は石射局長や広田外相の指示を無視して行動しておった。外務省のミスでした。その点は石原さんが一番ご存知でしょう。作戦部長でしたから。どうだったんですか」

東郷外相は隣りの石原を振り向いた。

石原は、うーんと大きな溜息をついた。その後で、

「船津工作はあとの話でね。何よりもやるべきは、蘆溝橋事件後、蒋介石と近衛首相の首脳会談です。私は風見書記官長に電話して早くやろうと提案したところ、近衛さんもその気になられた。それで参謀本部は飛行機も用意し、上海、南京の武官とも連絡をとって実現するところまで行ったんです。

腹の具合いが悪いというから、看護婦を一人つける、南京までは上海で給油すればものの五、六時間で着きますよ。それを断念してしまった。

私が怒って風見書記官長に、せっかくの機会を逃がすことはない、向うも待っているんだから。私も一緒に行く、と言ったところ、内部が統一されていないではないか、そっちをはっきりしてくれ、とグズついた」

「内部不統一とは政府ですか」

「いやいや、陸軍内です。しかしこれは作戦ではないのです。政府対政府の話だから、近衛さんが決めることです。杉山陸相も早くやれ、と急がせたんですよ。一部に時期尚早という者がいたって、近衛首相が日支間の問題を解決することです。

しかし、体調が悪いのどーのと言って、結局出かけなかった。誰かが悪知恵を働かせたんでしょう。支那なんて簡単にやっつけられるとね。とんでもない認識だ。西安事件以来、もはや蒋介石一人で決められる状況ではなかったのだから。

中国共産党、国民党の中に主戦派もいて、抗日戦一辺倒だったが、蒋介石は中国共産党こそ本当の敵と思っていますから、日本とは戦いたくなかった。戦うとそれだけ兵力を消耗させてしまいますんでね。そういう事をいくら進言しても動かなかった。近衛さんを首相にもってきたのが日本の悲劇でした。空っぽの男といってよいですな。お飾り首相です。

多分に、陛下に嫌われていたんでしょう。

それが第一点。

第二点は石射君から相談を受け、船津さんはガンで入院中の奥さんがいるというのに、口説いて上海へ行ってもらった。そして蒋介石の代理で高宗武さんが上海に来て、会って交渉した。ところがそこに、川越大使が天津から二人の交渉にマッタをかけて来た。そのため日程がズレて、しかも船津さんをさしおいて川越大使が事情も知らず、高飛車で交渉したもんだから、ついに決裂ですな。バカな奴だ。

運悪いことに九日の夜、上海で大山事件が起き、高さんは慌てて南京へ引き返してしまった。あのチャンスを逃したことと、ルーズベルトと近衛さんのハワイ会談、これを逃したことですな。

私の関係では、繆斌と日本政府との和平交渉です。東久邇宮様との会談に入りますが、スパイだとレッテルを貼って、本国との通信機器を取り上げられた。交渉しても重光外相は取り上げないで追い帰してしまった。終戦間近のことで、もしも繆斌との交渉が決まったら、本土爆撃も、沖縄、硫黄島の悲劇も、満州の悲劇もなかった。

本当に、残念なことをした。思うに、トップが悪い。陛下は和平をのぞんでおられるわけだから、統帥部がしっかりしておらんからこういうことになる。満州、朝鮮、台湾、北方領土が残るなら、支那からの撤兵ぐらい、妥協すべきでしょう？」

しかし、石原の発言には誰も反論せず、むしろ、叱られた子供のように黙り込んでしまった。

司会進行役の緒方も、唇を固く結び、無念な顔付きになった。

第十章
終戦工作と「義命」

＊十二年八月、船津工作を川越大使がつぶす

遠くで、また野犬の群れの、じゃれ合う声がした。夜明けが近いようだった。

緒方は、石原に続いて言った。

「先ほどの和平交渉の中で、上海戦のさなかの八月二十七日、南京のイギリス大使の車を日本海軍機が爆撃と機銃掃射した事件が起きます。

上海の日本大使館で、南京にいるヒューゲッセン大使と停戦協定の極秘会談が予定されていた。南京を二十六日午前九時に出た大使館の車の屋根には、戦下で誤爆されないように、わざわざイギリス国旗を広げて走ったところ、海軍機に爆撃、掃射され、車は大破。大使と同行した二人も重傷を負うという事件があり、のちに海軍はこれを認め外交に持ち込まれますが、この時に停戦交渉が出来たら、上海事件は拡大しなかったでしょうね」

「その話なら、同盟の松本君から聞いたよ」と松井が語意を荒らげた。

「上海の松本君とエドモンドとかいうイギリス人の友人との間で始まったそうですね」

緒方は経緯を知らなくて、松井に尋ねた。

「エドモンド君は支那弊制改革のため送り込まれたリース・ロス特使の補佐官で大蔵省の役人だ。ずっと幣制改革後も管理通貨の仕事をしていて、松本君は彼からイギリス情報をとっていた。親しい友人だったようだ。

二人の間で日支和平工作ができないか、という話になり、松本君からエドモンドに働きかけ、エドモンド君は上海にいるイギリス武官に相談、武官はそのため南京に戻り、話をつけたそうだ。

松本君は上海の大使公邸にいる川越大使に相談し、二十七日に会談の予定になった。その前日に南京を出発し、夕方五時に上海に到着予定だった。何でもその夜、翌朝会談のアポイントを入れることになっていたらしい。ところが上海に向っているとき、日本海軍機がこの車を発見して爆弾を落としたうえ、射撃したそうだ。

この会談は松本君とエドモンド、川越大使とイギリス武官の四人しか知らないことなのに、どうして日本海軍機に知れたのかな、と松本君は泣いて語ったね。思うに、上海の海軍武官の耳に入ったんだろう。偶然発見にしては、おかしいもの。二十六日は私どもが呉淞鎮で苦戦している最中だ。

イギリスは日支両方が撤退して、上海に中立地帯をつくろうとの話になり、蔣介石側はこれを受諾したはず。だから南京側の条件をとりつけて上海に向ったそうだ。何も知らん海軍機がこれを射ち、爆撃したのだから、誰かに指示されたんだろう。勿論、海軍だろうが、どこに所属する飛行機か、米内さんは大臣でしたな、嶋田さんは軍令部次長だから、事情はご存知かと」

「実は、すぐに調査しまして、誤爆ということが分り、陳謝した次第です」

「おしい機会でしたな。上海から四、五十マイル地点だったそうだ。組織でやったの？」

「いいえ、偶発でした」

「和平工作といえば、スウェーデン大使に日本を斡旋してもらう交渉が、ちょうど繆斌工作と同時に進行していたところ、四月十一日、出張先の下関が空襲に会い、大使が本国に戻って詳しく相談する機会が大幅に遅れます。

　外務省筋の工作でしたが、果たして本当かどうか。東郷さんは知っておりましたか」

「いいえ。極秘に重光外相が進められておりましたから。繆斌のことはブローカーだと聞いており、どれ程蒋介石に近いのか、よく知りません」

「しかし、二十年四月といえば、敗戦間近です。国民も殺気だち、ことに憲兵、特高の動きは、いつでも殺すぞ、という空気でしたよ。そんな中、上海の田村眞作と緒方さんの働きで、ようやく東久邇宮さまと会談するにとどまった。彼は私どもの東亜連盟の支那の同志で、私が保証していたもかかわらず、スパイ呼びして追い帰したな。緒方さん、あなたから説明されて下さい」

　石原は隣りの緒方の膝に左手を置いて促した。

「石原さんが言ったとおりです。外務省はひどいものだった。私はかつての政治部記者で石原さんや磯谷さんと親しかった上海の田村君が日本に戻ってきて、上海で繆斌との間に重慶政府と日本政府の和平工作の相談を受け、小磯首相に図ったのですよ。小磯首相は早く和平にもち込み、本土を空襲から守ろうと積極的でした。

ところが外務省と陸軍に反対されます。一度はやる方向に決り、重慶との連絡用に通信機を持ち込むことになっていたんですが、陸軍に上海で取り上げられます。それでも日本にきて、小磯さんを通じて天皇陛下に伝えることにまでなっていた。ところが重光外相は面子からでしょうな、この和平工作に水を差し、自からスウェーデン大使と交渉に入られた。結局両方のルートはご破算です。私は東久邇宮さまに会わせて、なんとか和平工作を実現させたかったんだが、ジャマが入るもんですな。陛下には伝わらなかった」

「陸相は杉山さんだね」

と松井が、真相を突いた。杉山が言った。

「繆斌についての上海情報では、日本を探るために派遣された男だ、という確かな情報でした。しかし天皇陛下に会わせるのはどうかと」

「もし、陛下が、和平交渉に入れ、と小磯君に言うたら、どうだっただろう。米内さんは海相でしたな。あなたはどうでしたか」

「はい。連絡会議で、その件は知りましたが、スウェーデン大使工作は初耳でした。陛下に会っていたら、陛下は即座に、交渉を命じたでしょう。残念でしたな、全く」

「全くです。和平交渉がご破算になり、小磯内閣は四月に総辞職します。その二日前にはソ連が日ソ中立条約不延長を通告してきます」

「そうでした。ヤルタ会談のひと月後でした」

＊東條・嶋田暗殺計画とは……

「今だから言えるけど、サイパン陥落の報らせを受ける前に、私と米内君は新橋の食堂で時局について会っていた。東條君の独裁は限界で、なんとかして和平に持ち込まんと、何もかも失うと言ってね」

「そうでしたね。新橋内幸町で、他に二人おられたが、そこにサイパン陥落の報らせです。松井さんは、エッ！　と声に出された。あの時に二人で、東條さんを辞めさせせんといかん、と言っておられましたな。誰がいいかという話になり、小磯君だ、とおっしゃられた」

「運命というものは、ちょっとしたズレで決まるもんだね。サイパン陥落を知ったときには、本土爆撃は連日連夜続くと思ったから、ここで第三者を入れて和平の道をとるべきと伝えたが、東條君は、まだやると言うしね。彼に進言する者はいなくなったんだね。何しろ彼は首相兼参謀総長兼陸軍大臣だ。海軍も嶋田さんが海相と軍令部総長を兼任された。嶋田さんが永野さんをクビにしたのは、東條君の差し金だったの？」

「と、言うよりも、海軍も意見統一がよかろうということで」

「永野さんはよく了解しましたね」

野村が言った。

「実は、永野さんは、憲法に触れると反対されたんです。しかし私の口からは言えませんので、伏見宮さまにご相談したわけです」

「たしか、十九年二月でしたか」

「はい」

「東條、嶋田二人で守り切ろうとしたんですな。重荷だったでしょう。誰も進言する者がいなくて。それに、参謀飾緒を、いちいち取りはずしたり、つけたりしなくてはいけなかったわけですからね」

「——」

嶋田は、顔を伏せた。

「東條君を暗殺しようと津野田少佐たちが図ったことは、軍法会議で決着しましたけど、海軍でも嶋田さんを狙った者がいたんですか」

「狙うというのではなく、倒閣運動です。高木惣吉少将らが中心となって同志を集めていたのは十八年の末でして、神大佐らは東條さん暗殺計画まで立てていたようです。嶋田さんを狙ったのは、サイパン陥落前、マリアナ決戦後でしたか」

「海軍省内に『東條にオカマ掘られた繁太郎』と書いたビラも出たとか」

「はい、あったようです」

と、嶋田が言った。

「——石原さん、陸軍内で東條暗殺の相談を受けられたというのは、本当の話ですか」

緒方が訊いた。

「そのことでしたら、軍法会議で、はっきりと言いました。学習院柔道師範の牛嶋君や津野田少佐に相談を受けました。しかしむつかしかろうと談じたのは事実です。指示はしておりません。しかし陸軍内というより、国民の声でしたね。もう東條さんではダメだ、海軍から首相を出した方がいい、と私は言いました。ここにいる米内さんの名を上げたのも事実です。もう一度、米内さんで組閣をと」

「偶然ですな。サイパン陥落前に、米内さんと話したところです。南方は絶滅し、沖縄、マニラ、硫黄島、台湾、北は満州、支那では奥深く入り、どうにもなりませんでしたな。なかでも満州から関東軍の南方への転用は、東條君が参謀長と陸相兼務だから、独りで決定したんだろうね。関東軍の満州からの転用は、いつから始まったんでしたかね」

「私が当時、参謀総長の十八年十月からです」

「軍事課長は誰だったの？」

「西浦進少将です」

「冨永恭次中将です」

「知らんな——次官は？」

「あっ、冨永か。十九年七月の組閣で、杉山君は陸相に、梅津君が総長だな。東條内閣後の小磯内閣で代わったのか。次長は誰だったかな」

「秦三郎のあとに、後宮淳中将です」

「すると、関東軍転用は、杉山総長、秦次長、佐藤賢了軍務局長、西浦進軍事課長、そして杉山陸相、冨永次官の時ということで、東條君は首相専任の頃だ」

「そのとおりです」

「じゃ、直接には、東條君の考えではなく、杉山君と秦君の考えだった、ということですか」

「はい。二月にトラック島が大敗し、海軍はお手上げ状態でした。本土死守には、残るは満州の関東軍です。ソ連は日ソ中立条約を結んでいて、多分に条約を破って満州にくることはないだろうと判断したものですから」

「アメリカがソ連援助に回り、満州進攻をしかけていたことは承知のはずでも、こんなに手を広げてはちっぽけな日本は資源もなく、ドイツに助けてもらおうなんて考えてたんではなかったんだろうに」

「話は違いますが、資源不足から、陸海軍の間でアルミニウム、鉱材の奪い合いになったそうですが、ドイツがソ連と単独講和に入ろうとした十七年夏頃からですか」

緒方が杉山に訊いた。

「ソ連とドイツの講和の話は七月下旬頃、大島大使からの報告が外務省に入り、連絡会議でドイツに抗議することを、武官を通じてやりました。日ソ中立条約があり、日ソ間はうまく行っておりますから、ドイツとの講和は日本に相談なくやるカケですから、参謀次長からドイツの武官へ連絡をとりました。資材の奪い合いは互いに陸海は申し合わせがありまして、海軍側から分配率を上げてくれと言ってきたのは何度かありました」

「今に思うと、とんでもない戦さに入ったものだね。支那問題を早く片づけてからやるべきだと言ったのに、海軍さんは先走りした。山本長官はラバウルで敗北を知っていたんでしょう。それからは満州が、次第にモヌケの殻になっていくんだね。全部で何個師団を南方へ持って行ったの？」と松井は杉山に訊いた。

「それは私の方から。正確には分りませんが。最初は十八年十月に、チチハルにいた第二方面軍司令部と間島にあった第二軍司令部、四平にあった機甲軍司令部です。

それから一ヵ月後に、第三独立守備隊、第四独立守備隊、独立工兵隊四隊、聯隊一、戦車聯隊一、高射砲火隊二大隊です。

十九年二月には、錦州の第二十七師団、第二工兵司令部、独立工兵大隊、チチハルの第十四師団、遼陽の第二十九師団、鉄道聯隊、戦車聯隊など。大体、在満各師団から、歩兵団司令部、歩兵三大隊、砲兵一大隊、工兵一中隊を抽出しております

昭和二十年三月までに十八個師団、一旅団。航空部隊は十九年二月から転用が始まり、その月で第十二、五飛行団、第六、七飛行隊、八十五戦隊、独立飛行隊など、南方へ転用。最後は二十年三月まで、ほとんどの飛行機が南方へ転用され、終戦時は、数える程度しか残りませんでした。それも陸士五十八期の若い未訓練兵たちです」

「非情なものだな。十八年十月頃の関東軍は誰がいたんだね。軍司令官は？」

「総司令官は梅津大将です。総参謀長は笠原中将です」

「北安や孫呉は、黒河のソ連軍を喰いとめる師団があったか、今の話では孫呉の第一師団、チ

チハルの第十四師団、山神府の五十七師団が南方へ転用され、北安に軍司令があった第四軍は、空っぽになった訳ですかな」

「いえ。他に満州国軍や、新設の師団など五個師団をつくり、第五団司令の下で守備につきました」

「武器は置いて行ったんだろうな」

「全て、南方へ運びましたから、わずかな機銃だけです。丸太を黒く塗って偽装大砲やらで」

関東軍は丸裸になっていた。

「板垣さんは十六年七月から朝鮮軍司令官でしたね」

「二十年二月に兼第十七方面軍司令官。四月に七方面軍司令官でしたから、シンガポールには満州からの兵隊たちが来て耳にしました。皆、戻れると思って、私財を満州に置いてきたそうです」

「関東軍を南方へ転用して行くことを、どう思われましたか。京城から見て」

緒方が、板垣の横顔を覗くようにして訊いた。すると、板垣は、ちょっと首をうなだれて、ゴクンとツバを呑んで言った。

「杉山さんには申し訳ないですが、ソ連のスターリンは必ず裏切る男だということです。ですから、飛行兵団は残してほしかった。笠原君も梅津さんも、いっときの転用と思ったんだろうが、劣勢になると、次々に、軍を送れ、と言ってくると私は耳にした。隣りの京城から新京に出て行ってみると、参謀たちは暗号電報に振り回されていたね。いずれはソ連のスパイが知ることになり、スターリンの思うツボになるな、と心配で、梅津さんにも、中央の要求にはほどほどにしたら、と言ったんですがね。私以上に、石原君が詳しいでしょう」

「それは違いますよ。私は山形で百姓をしていましたから、何の情報も入りません。兵力転用を知ったのは戦後です」

石原は慌てて手を振った。

「しかし石原さん。あなたが造った満州国が、こんなに弱体化するとは思ってなかったでしょうから。石原さんだったら、総参謀長だったらどうされましたか」

緒方が石原を促した。

石原は、ちょっと憮然とした顔になった。そして、気を取り直して言った。

「申し訳ないが、杉山さんも梅津さんも東條さんも、山田大将や笠原中将にしても、作戦ができん人が作戦をやったのが敗因でしたな。作戦家なら日米戦はやらんですよ。

関東軍の転用の前に、勝敗は見えているんだから、東條首相をワシントンにやって和平交渉をやらせますな。やれんならクビだ。

関東軍転用者は、関東軍にいなかった人たちばっかりでした。杉山さん、梅津さん、笠原中将は一週間だけ。佐藤少将も、西浦少将も同じく、関東軍生活がない。冨永君がいただけでね。よほど関東軍が憎かったんでしょうか。満州は要らんという考えでしょう。

軍人は退き際がむずかしい。勇気がいる。しかし結果的によければいいんです。領土を失うことはない。支那から撤退することと、領土を失うことでは、どっちが耐えられますか。

軍参議官たちにも責任があります。四方憲兵司令官を恐れることはないんです。東條さんの首を切ればすむことですから。

それに、アメリカは、そんなに大きな要求はしませんよ。せいぜい朝鮮半島に駐留するとか、満州国に投資するとか、悪くて、沖縄に駐留、という程度ですよ。日本は失うものはないのです。むしろ同盟を強化して、対ソ連とドイツに備えることになるでしょう。防共という点では、日米防共協定を結んでもいいんです。意地で戦さをやったところで、大義にはならない。

大義のない戦さは、頭から負けです。大体この日米開戦は、日本が引き起こした戦さではないですか。ルーズベルトが日本の総理と会談しようというのに、それを断わる手がありますか。

相手は大統領ですぞ。天皇陛下が行くと言うなら、会わせる必要があるし、いや総理が代行するなら、近衛さんの後に総理となった東條さんが行くのが筋道です。首脳会談をやってみて、仏印から撤退せよ、支那から撤退せよ、満州から撤退せよと条件をつけてくるなら、こっちも条件を出す。例えば日米共同で防共協定を結ぶ、ドイツ、イタリアとの三国同盟は破棄するか、戦さに協力しない、などこっちのカードも見せるんですよ。そして満州だけは現状のまま、満州人の満州国として承認させる。その方が日本にとって、どれほど助かるか。

そりゃ、英霊のため、撤退は忍びがたいですよ。しかし、祖国のため、忍んでもらう。そのかわり、我々は、この靖国神社で永遠に敬弔する。それが祖国のためではありませんか。

いみじくも、山本五十六長官は一、二年だけ、と言われた。長官の死を機に、日米単独講和に入る。それもまた、参謀総長の英断というものです。

先を読まなければ作戦はできません。退くのも作戦です。総参謀長だけが腹を切ればすむことじゃないですか。私なら、いかなる手段を講じても、天皇陛下に上奏し、裁可を得ますな。外務大臣と総理が出かけて交渉するさい、条件を出して妥協する。アメリカ人はそれほど無茶はしませんから」

誰もが、石原の熱弁に反論しなかった。むしろ、本音を言われ、矛盾をつかれ、不快感さえ覚えていた。すんだこととは言え、当時の軍人が、なぜもっと議論し、将来を見つめて国家の歩むべき姿が描けなかったか、と反省していた。

そこを退役軍人の、しかも東條陸相、武藤章軍務局長ら主戦派にクビを斬られた石原に指摘されたのだから、ただ無念としか言えない。

「なぜ東條君は石原君を避けたのかね。少数意見にも耳をかす気持ちと度量に欠けていたんだね」

思いもよらず、松井が隣りの杉山に話しかけた。当時杉山は参謀総長で次長が塚田攻、第一部長が田中新一である。この三人は北支事変の時から主戦派で、石原と対峙していた。

人事権を持つ陸軍省は東條陸相を初め、次官は阿南惟幾《あなみこれちか》、軍務局長が武藤章であった。阿南を除き、反石原一色で固められている。

「そうですね。十五年の暮れともなると。海軍さんは対英米戦の準備に入り、陸軍は南部仏印へ、海軍に協力する方針でした。石原君はそれに猛反対でした。今思えば、石原君の言うとおりにしておけばよかったんですが、陸軍省はドイツとの関係を否定はしていますが、タイ、シンガポール、インドネシア、フィリピンへと南進する海軍に引っぱられておりましたから、石原君の存在が煙たかったんです」

「しかし、それはどういうもんだろうな。陸軍は南京に汪兆銘政府をつくられて、援蒋ルートを断とうという考えでしたけど」

　嶋田が反論した。

「当時は仏印まででです。それも梅津のリードで駐留します」

「やっぱり、ガダルカナル戦で、白旗を挙げるべきだった。勝負は見えている。長い輸送路を敵潜水艦と艦載機に沈められ断たれると、水も食料もなく、みんな餓死して気の毒でした」

　緒方は、ふと迫水を振り向いた。煙草に火をつけ、一服した。

＊近衛の、ソ連仲介による和平工作

「小磯内閣の時、私は朝日新聞社をやめて国務大臣兼情報局長でしたから、あらゆる方向にアンテナを張りめぐらせておりました。外務省、陸海軍からの情報、大本営情報を含めておりましたが、大本営のウソだらけの報告には参りましたな。新聞も、大敗しているのに勝った勝ったと書きたてる。あれは大本営発表で実態とは大違い。台湾沖海戦は全滅ですね。海軍はそれを隠し通し、実態が分かり出したのは沖縄戦です。

　迫水さんは鈴木内閣で書記官長になられ、終戦の手続きに入りますが、岳父の岡田大将からの電話で口説かれたそうですね」

「私は当時、大蔵省銀行保険局長でしたが、そこに電話が入り、すぐに組閣本部にきてくれと呼び出され、出かけます。鈴木大将の自宅は小石川の円山町にありまして、津島大蔵大臣の許しをえて出かけました。あれは四月五日で、たびたび空襲がありましてね。でも組閣はスムーズに行き、七日に組閣、親任式です。岳父からは、オレの身代りになって鈴木総理と終戦にあたれ、でした。

鈴木大将に大命が下ったのは、歴代首相を集め、木戸内大臣が勅命を奉じて諮問した結果で、東條大将を除いて一致して推薦となったわけですが、親任式から八日後の四月十三日、東京は大規模の空襲に見舞われます。それから間もなく、五月七日、ベルリンが陥落し、欧州における戦争は終りを告げます。戦っているのは日本だけでした」

「私どもも、これは幕引き内閣と思っていました。海軍は油がなく、重油と大豆油を混用し、ガソリンの代りに松根油ですからね」

松井の発言に、海軍の四人は、顔を伏せた。

海軍は、上海から南京戦に至るまで、当時中支那方面軍司令官に多大な迷惑をかけていたから、負い目があった。

緒方が続けた。

「私は鈴木内閣では顧問でしたから、最後の帝国議会でのやりとりは多少知っていました。議題は数件でした。戦時緊急措置法、国民義勇兵役法案などでしたが、総理も、ここにいる米内海相も、臨時議会召集には反対されましたな。なぜ議会が必要だったのかな」

「それは法治国家である以上、行政は法令に基づいて行わねばいけないからですよ。次第に交通機関も麻痺して参りまして、議会を開くことが出来なくなる恐れが多いことから、出来る間に、急転する状況に対応する新たな立法が必要とするものが出てくる。臨時国会を開いて、広範な立法権限を政府に委任する道を開いておくことが適当と考えたからです。

反対された方は、明治憲法に、戦時または非常事態のときは、憲法第二章の、天皇大権に依って施行できる道が開かれているから、法律を制定しなくてもよい、という意見でした。しかし私は、法律に依って議会の委任を受ける方が民主的であるという考え方でした。その頃、沖縄の戦況は絶望的で、前途はまことに暗い雰囲気の下にあり、政府は予想外の反発を受けました」

「迫水さん、総理の施政方針演説の原稿を書かれますが、演説が終わると猛烈なヤジが出た。総理はけしからん。内閣を潰してやると言ってね。大混乱でしたが、戦時緊急措置法は延長国会で通過して六月二十三日に公布施行されます。このあと、憲兵があなたの思想を調査したそうですが、本当ですか」

緒方は不快な顔になった。

「そうです。私をパクるつもりだったようです。誰がやらせたものか分かりませんが、もっとやっかいなのは、軍のある将校が私に、あなたもよく考えないと、いつ赤紙がきて召集されるか分りませんよ、と脅迫しましてね」

「ほう。書記官長にですか」

「はい。私は四十三歳でしたから、召集されて当然ですが」

「鈴木内閣は終戦準備内閣ですが、どこから切り出したのですかな。六月六日、最高指導者会議では本土決戦断行を決定しておりましたな。ちょうど沖縄は四月一日から米軍が上陸し、六月二十一日まで決戦のさなかでした。そんな状況で終戦の準備は切り出せなかったでしょう」

「顧問の緒方さんの耳にも届いたかどうか。沖縄戦が終った翌二十二日のことです。天皇陛下が最高戦争指導会議の構成員六人をお召しになり、懇談である、という前提で意見を求められました。

その席で天皇は、本土決戦について万全の準備を備えなければならないのは勿論として、他面、終戦について、従来の観念にとらわれることなく具体的研究に努力されることを希望する旨のお言葉があったのです。それから準備に入りました。

その結果、近衛さんをソ連仲介で、和平工作に送り出す方針が決められますが、ソ連側に拒否されます。そこで軍部は蒋介石を仲介にとなった。その辺りは東郷外相が詳しいと思いますが」

「六月に入って、広田さんとマリック会談が始まりますが、ソ連を信用してないから見通しはダメだろうと思った。案の定、マリックは拒否してきました。二十八日、佐藤駐ソ大使にどうなっているかを問い合わせたところ返電がない。近衛さんの派遣が正式に決定したのは七月十日の最高戦争指導会議でした。しかし、スターリン、モロトフはポツダムに向い、特使の受け入れを見合わせられる。返事はポツダムから戻ったあとでした。

七月十七日にトルーマン、チャーチル、スターリンの巨頭会談の席で、アメリカが原爆実験に成功したとの知らせを受けますが、ソ連の参戦はその時に決まったと思います。そして八月六日の広島原爆投下、八日にソ連軍は三方から満州に攻め込みました。あれ程までにソ連を信用するなと言ったのに、ぐずぐずして蒋介石との交渉もむやむやになってしまいます」

「トルーマンという男はひどい奴で、日本がポツダム宣言を受諾しない限り追い討ちをかけると演説したとおりに、二発めを長崎に落した。

この日は午前十一時、戦争最高指導者会議のさなかで、私は心からこのような残酷な手段を憎みました。というのは、その日の朝三時、同盟通信の長谷川外信部長から、サンフランシスコ放送が、ソ連が対日宣戦布告したらしい、との電話を受けたのです。この時は大地が崩れるような気がしたものです」

「あれはひどい。外務省の駐ソ大使に、ソ連側は宣戦布告書を手渡したというではないか。八月八日午後五時は、日本時間の深夜十一時ですな。東郷さん、どうだったの?」

松井が東郷に尋ねると、東郷はロイド眼鏡を外しながら言った。

「ソ連は九日より戦争状態に入る、と文書で知らせてきた、と連絡を受けたばかりでした。実にけしからんです。日本人は、お人好しにも程がある。むざむざ、満州を失うことになりました。板垣さんと石原さん、沢山の仲間を失ったすえに建国した満州を失い、無念でならないでしょうね」

しかし石原も板垣も、黙して語ろうとはしない。
重い空気が続いた。

＊終戦詔書に「義命」があったなら

緒方は、迫水に、終戦の詔書について、真相の解説を求めた。
「九日の御前会議で終戦の方向が決まったので、十日未明から、詔書の原案の起草にかかったのです。

詔書の形式は漢文体ですので、通常の場合なら要旨を決め、専門家に起草を頼むのが慣例ですが、今回は極秘を要するため、自分で原案を起草することにしたのです。三晩徹夜して、何枚も原稿用紙を破りすて、時には涙で原稿用紙を濡らしながら、どうやら形を作り上げ、十三日の夜、内閣嘱託の川田瑞穂先生と、私が師事している安岡正篤先生に首相官邸においでいただき、極秘ということを誓っていただき、私の原稿を見ていただいたのです。

その結果、加除訂正がなされて、文章はいっそう立派なものになりました。安岡先生は私が書いた『永遠ノ平和ヲ確保センコトヲ期ス』と書いた部分を、支那の宋の末期の学者張横渠の文章を引用され、『万世ノタメニ大平ヲ開ク』をそのままお使いなさいと言われました。

また、安岡先生は、『然レトモ朕ハ義命の属する所、堪へ難キヲ堪へ――』の『義命』を強調されました。これは、戦争を終結するのは敗けたから仕方がない、というのではなく、この場合終戦することは大義天命のしからしむるところ、正しいことであるという立場に立つべきであるという見地から、特に加筆されました。これは人類の文明を破却から守るために滅亡してはならない、生き延びねばならない、という意味です。

ところが閣僚中に、そんな言葉は聞いたことがない。辞書にもないではないか、ということになり『時運のおもむく所』に訂正されてしまったのです。一般国民は分らないではないか、ということになり『時運のおもむく所』に訂正されてしまったのです。

あとで安岡先生は『この詔書は重大な欠点を持つことになった、千載の恨事だ、学問のない人たちにはカナイマセン』と嘆息されました。

戦後、私が代議士になった頃、先生に会いますと、近ごろの政治には理想がなく、筋道がなく、全く行き当りばったりのようだ。それは、義命の存する所を、時運のおもむく所と訂正したことで、理想も筋道もない、行き当たりばったり、目前の損得ばかりだと言われました。今も、『義命の存する所』にかえてみたい気持ちです。さすれば、日本人は戦さには敗けたが、理想のために立ち上がる、道筋を立てて生きる気概が生れてくると思うのです」

「当時、御出席の方は東郷外相と米内海相のお二人ですが、いかがでしたか」

「私は涙を流して読みました」

東郷が小さく頷いた。

米内は、

「成文の、戦局必スシモ好天セスは、原文では戦勢日ニ非ナリ、でしたが、陸軍の阿南さんが、これでは大本営発表が虚構であったことになると訂正を求めて、成文のとおりになったんでしたね」

とポツリと言った。すると石原が言った。

「今からでも遅くないですよ。日本人は義命の存する所、堪えかたきを堪え、忍びがたきを忍び、立ち上がらなければなりませんね。理想を持つことです。

一体、今の日本人は、国を守ることをしない。アメリカの軍人のままだ。戦争は絶対にいかんが、国を守る心構えは、常に義務教育の課程で教えることではないかと思う。

しかし安岡先生には申し訳ないが、迫水さんが起草された『永遠の平和を確保せんことを期す』の方が『万世のために太平を開く』よりもよろしかったと思う。戦さをしない、という覚悟ですからね」

石原は「終戦詔書」全文を記憶していて、御経を読むように、小さな声で独唱した。

「ときに、自衛軍を持たない国は必ず亡びますな。国民一人一人が、永久平和国家の名のもとに、国を守る自覚が必要です。それには歴史教育が欠かせません。それも世界史です。頼みましたよ」

松井が、皆を代表して言った。

＊日本は最後のサムライの国

外では、人の声が聞えてきた。緒方は腕時計を見た。すでに五時前だった。

「そろそろ、参拝者が見える時間ですな。われわれはそろそろこの世から退散しましょうか。この頃は若い政治家たちが、何がいいのか、群れをくんで参拝にくるようだが、迷惑な話だな。父兄、兄弟、親戚の人が祀られているのなら理解できるが、縁のない人が、総理以下揃ってくるのは、なんともいただけないな。英霊に失礼である。それよりも、国家理想をうち出して、国際的に活躍してほしいものだ。どれもこれも、今の政治家どもは顔も悪ければ、歩く姿勢も悪い」

石原が皮肉をこめて言った。すると皆んなが、声を殺して、クスクスと笑い出した。

「ああ、石原君の元気な声が聞けてよかった。東條君が苦手にしていたのは、声の太さだろうな」

杉山が立ち上がりながら言った。

「長い時間、ありがとうございました。皆さんの元気なお声が聞けて、ありがとうございました。この日本は一体どこへ進もうとするのか心配ですが、一つだけ言えるのは、アジア諸国は、われわれ日本人が白人社会に抵抗して戦った最後の侍の国だったから、ということを、忘れないでほしい、ということです。

アジア諸国が独立できたのは、尊い日本人の命が犠牲になったからです。皆さん、また来年のこの朝、ここでお会いしましょう」

緒方は、一人一人に手を差し出し、握手して、体を労った。

ふと気付いた時、境内には朝日が射し込み、樹木が長く影を引いていた。すでに皆んなの姿はなかった。

緒方と迫水の二人だけになった。

「陛下がお亡くなられて八年になるか」

迫水がふと呟いた。

「もう八年になるか」

二人は境内に戻ると、靖国神社に向って手を合わせた。先に迫水が、続いて緒方が頭を深く下げた。顔を上げ、踵をかえした。それから二人は、境内の中央の道を参拝者の群れに逆いながら、九段坂の方へ歩き出した。

著　者
早瀬利之　（はやせ としゆき）
1940年（昭和15年）長崎県生まれ。昭和38年鹿児島大学卒業。石原莞爾研究者。大東亜戦争を扱った著書に、『将軍の真実・松井石根将軍の生涯』、『石原莞爾満州合衆国』、『石原莞爾満州備忘ノート』、『サムライたちの真珠湾』、『石原莞爾国家改造計画』、『南京戦の真実』（以上、光人社NF文庫）、『奇襲』（南日本新聞開発センター）、『石原莞爾　マッカーサーが一番恐れた日本人』（双葉新書）などがある。軍事雑誌『丸』に「参謀本部作戦部長石原莞爾『国家百年の計』三宅坂の夏」を連載中。日本ペンクラブ会員、満州研究会会員。
現住所　249-0005神奈川県逗子市桜山5-31-7

靖国《やすくに》の杜《もり》の反省会《はんせいかい》
——あの戦争の真実を知る11人の証言——

2013年８月15日　第１刷発行

著　者
早瀬《はやせ》 利之《としゆき》

発行所
㈱芙蓉書房出版
（代表 平澤公裕）
〒113-0033東京都文京区本郷3-3-13
TEL 03-3813-4466　FAX 03-3813-4615
http://www.fuyoshobo.co.jp

印刷・製本／モリモト印刷

ISBN978-4-8295-0595-3